बाबुषा कोहली

बाबुषा कोहली का जन्म 6 फ़रवरी, 1979 को कटनी, मध्य प्रदेश में हुआ। उन्होंने मानकुँवर बाई कॉलेज, जबलपुर से स्नातक और रानी दुर्गावती विश्वविद्यालय, जबलपुर से स्नातकोत्तर किया।

उनकी प्रकाशित कृतियाँ हैं—'प्रेम गिलहरी दिल अखरोट', 'तट से नहीं पानी से बँधती है नाव', 'उस लड़की का नाम ब्रह्मलता है' (कविता-संग्रह); 'बावन चिट्ठियाँ', 'भाप के घर में शीशे की लकड़ी', (गद्य)। उनकी कविताओं के अनुवाद भी हुए हैं। विभिन्न पत्र-पत्रिकाओं में उनकी कविताएँ प्रकाशित हुई हैं। उन्होंने 'जंतर' और 'उसकी चिट्ठियाँ' नामक दो लघु फिल्मों का निर्माण व निर्देशन किया है। प्रशिक्षित नृत्यांगना हैं और संगीत और यायावरी में विशेष रुचि रखती हैं। पेशे से अध्यापक हैं।

उन्हें भारतीय ज्ञानपीठ के 'नव लेखन पुरस्कार', ज़िला प्रशासन, जबलपुर व मध्य प्रदेश पुलिस के संयुक्त तत्त्वावधान में अन्तर्राष्ट्रीय महिला दिवस-2015 के 'विशिष्ट प्रतिभा सम्मान' से सम्मानित किया गया है।

रज़ा फ़ाउण्डेशन | THE RAZA FOUNDATION

बावन चिट्ठियाँ

ब्रह्माण्ड नाम के महाजन से
शून्य का हिसाब है प्रेम

बाबुषा कोहली

रेखांकन : मनीष पुष्कले

राजकमल प्रकाशन

रज़ा पुस्तक माला : गद्य-कविता
प्रधान सम्पादक : अशोक वाजपेयी | सम्पादक : पीयूष दईया
राजकमल प्रकाशन प्रा.लि. और रज़ा फ़ाउण्डेशन का सह-प्रकाशन

ISBN-978-93-88183-70-3

मूल्य : ₹299

पहला संस्करण : 2018
तीसरा संस्करण : 2024

प्रकाशक : राजकमल प्रकाशन प्रा. लि.
1-बी, नेताजी सुभाष मार्ग, दरियागंज
नई दिल्ली-110 002
शाखाएँ : अशोक राजपथ, साइंस कॉलेज के सामने, पटना-800 006
पहली मंज़िल, दरबारी बिल्डिंग, महात्मा गांधी मार्ग, प्रयागराज-211 001
1, अनमोल सोराबजी संतुक लेन, धोबी तलाव, मरीन लाइंस, मुम्बई-400 002
वेबसाइट : www.rajkamalprakashan.com
ई-मेल : info@rajkamalprakashan.com

मुद्रक : बी.के. ऑफसेट
नवीन शाहदरा, दिल्ली-110 032

BAWAN CHITITHIYAN
(Prose Poetry) by Babusha Kohli

शिव की योगमुद्रा के लिए
नर्मदा के वेग के लिए
तितली के पीले पंख के लिए
ग़रीबनवाज़ की दरगाह में क़व्वाली गाने वाले लड़के के लिए
आकण्ठ प्रेम में डूबी लड़की के मुक्त केश के लिए
उदास लेटर बक्सों के लिए

माँ, पापा, भैया की आँखों की चमक के लिए
आदी, किट्टू और मनवा की नन्ही उँगलियों के लिये

और

हमसफ़र 'वी' की अथक मुस्कान के लिए।

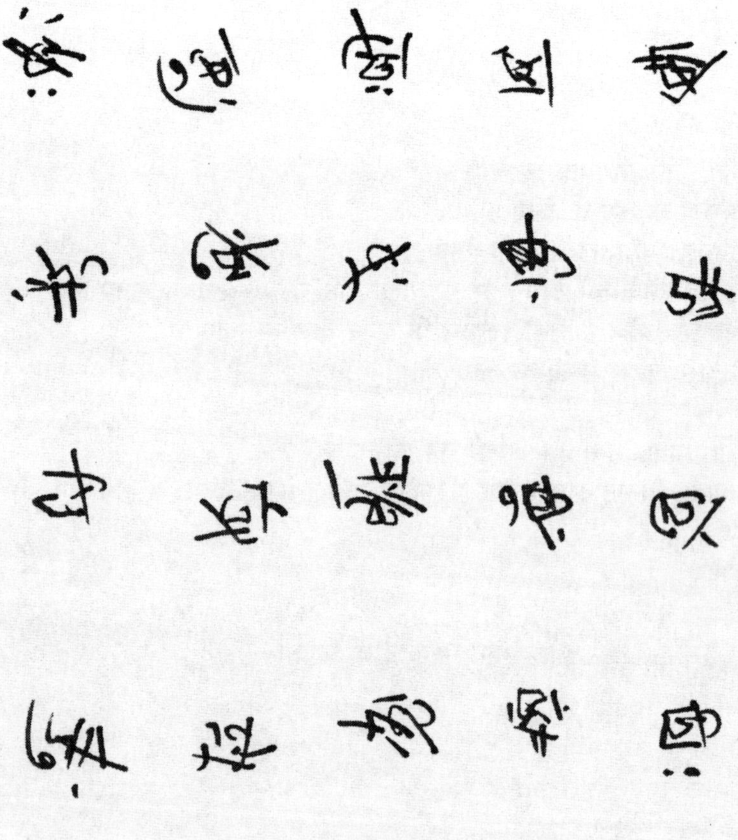

आमुख

कलाओं में भारतीय आधुनिकता के एक मूर्धन्य सैयद हैदर रज़ा एक अथक और अनोखे चित्रकार तो थे ही उनकी अन्य कलाओं में भी गहरी दिलचस्पी थी। विशेषतः कविता और विचार में। वे हिन्दी को अपनी मातृभाषा मानते थे और हालाँकि उनका फ्रेंच और अँग्रेज़ी का ज्ञान और उन पर अधिकार गहरा था, वे, फ्रांस में साठ वर्ष बिताने के बाद भी, हिन्दी में रमे रहे। यह आकस्मिक नहीं है कि अपने कला-जीवन के उत्तरार्द्ध में उनके सभी चित्रों के शीर्षक हिन्दी में होते थे। वे संसार के श्रेष्ठ चित्रकारों में, २०-२१वीं सदियों में, शायद अकेले हैं जिन्होंने अपने सौ से अधिक चित्रों में देवनागरी में संस्कृत, हिन्दी और उर्दू कविता में पंक्तियाँ अंकित कीं। बरसों तक मैं जब उनके साथ कुछ समय पेरिस में बिताने जाता था तो उनके इसरार पर अपने साथ नवप्रकाशित हिन्दी कविता की पुस्तकें ले जाता था : उनके पुस्तक-संग्रह में, जो अब दिल्ली स्थित रज़ा अभिलेखागार का एक हिस्सा है, हिन्दी कविता का एक बड़ा संग्रह शामिल था।

रज़ा की एक चिन्ता यह भी थी कि हिन्दी में कई विषयों में अच्छी पुस्तकों की कमी है। विशेषतः कलाओं और विचार आदि को लेकर। वे चाहते थे कि हमें कुछ पहल करना चाहिये। २०१६ में साढ़े चौरानवे वर्ष की आयु में उनकी मृत्यु के बाद रज़ा फ़ाउण्डेशन ने उनकी इच्छा का सम्मान करते हुए हिन्दी में कुछ नये क़िस्म की पुस्तकें प्रकाशित करने की पहल *रज़ा पुस्तक माला* के रूप में की है, जिनमें कुछ अप्राप्य पूर्व प्रकाशित पुस्तकों का पुनर्प्रकाशन भी शामिल है। उनमें गांधी, संस्कृति-

चिन्तन, संवाद, भारतीय भाषाओं से विशेषत: कला-चिन्तन के हिन्दी अनुवाद, कविता आदि की पुस्तकें शामिल की जा रही हैं। सभी पुस्तकों पर रज़ा साहब और उनके समकालीन मित्र चित्रकारों आदि की प्रतिकृतियाँ आवरणों पर होंगी।

रज़ा पुस्तक माला में युवा लेखकों और ग़ैर-रस्मी लेखन को विशेष स्थान देने की हमारी चेष्टा है। कवि का गद्य वैसे भी सामान्य गद्य से अलग रंगत का होता है। कवयित्री बाबुषा कोहली की 'बावन चिट्ठियाँ' मनीष पुष्कले के रेखांकनों के साथ प्रस्तुत करते हुए हमें प्रसन्नता है। उनमें बहुत कुछ है जो असाधारण है, असाधारण को अनायास छूता-ज़ाहिर करता है।

अशोक वाजपेयी
अगस्त २०१८, नयी दिल्ली

प्रस्तावना

बाबुषा कोहली

जुनूँ अब मंज़िलें तय कर रहा है...

चिट्ठियों से बहुत सारी किताबें बनती हैं। तमाम बड़े लोगों के पत्र बड़े सलीके से छापे जाते हैं। उनमें इतिहास बोलता है, उनमें बड़े-बड़े विचार बोलते हैं।

लेकिन ये चिट्ठियाँ अलग-सी हैं। न ही इन पर कोई तारीख़ पड़ी है, न ही कोई महान विचार ही। सम्बोधन भी बीच में कहीं अचानक आये हैं। दरअसल, ये वे चिट्ठियाँ हैं जो किन्हीं पतों पर कभी नहीं पहुँचेंगी। ये पहुँचने के लिये नहीं, भटकने के लिये लिखी गयी चिट्ठियाँ हैं। बेमंज़िल, बेमक़सद, बेवक़्त, बेशऊर। पर मेरे लिये बेशक़ीमती। इनमें अगर कुछ बोलता है तो वो है मेरे हिस्से की धुकधुकी, जिसे बहुत कान लगाकर सुनना पड़ता है।

बस यूँ समझा जाय कि ये बावन चिट्ठियाँ मैंने एक साँस में लिखीं। यह अलग बात है कि यह साँस बार-बार टूटती रही, हाथ से क़लम भी बार-बार छूटती रही। कभी ऊँघती दुपहरियों में, कभी निचाट अँधेरों के रतजगे में, किसी लौ की तरह भीतर से कुछ जला और मैंने अपने-आप को कुछ लिखता हुआ पाया।

किसको लिखती रही यह सब ? शायद अपने ही अनचीन्हे मन को या फिर अपने को छोड़कर सबको। यह मेरे चारों तरफ़ फैली हुई दुनिया है, जिसने मेरे बहुत इम्तिहान लिए। शायद वह सबके लेती है। लेकिन मैं ज़िद्दी—मैंने भी उसके कम इम्तिहान नहीं लिए। लिखती गयी, लिखती गयी। इन चिट्ठियों में कभी मैंने माँ से दिल का हाल कहा तो कभी दोस्तों-हमदर्दों

को याद किया। कभी नर्मदा किनारे बैठे-बैठे तुगलक़ प्रेमी पर मन निचोड़ दिया तो कभी जटाधारी औघड़ शिव को याद किया। कहीं अजन्मी सन्तान से भी संवाद किया तो कहीं स्वप्न पिता मंटो से मुलाक़ात के स्वप्न को भी दर्ज किया। नेपाल में आये भूकम्प के समय मृत्यु का निकट से बोध हुआ तो भाई को लिखने बैठ गयी तो कभी दुनिया भर की स्त्रियों का मन टोहने निकल पड़ी। कुछ पत्र मेरे उन विद्यार्थियों के नाम भी हुए, जिनके साथ कितनी ही बार मैं स्वयं उनकी विद्यार्थी हो जाती हूँ। कहीं तो मैं इन्द्रजाल रचती रही तो कहीं भ्रमजाल तोड़ती रही। इन चिट्ठियों को लिखते हुए निरन्तर मैं किसी अदृश्य चेतना के साथ संवाद करती रही हूँ।

मशहूर शायर अहमद शहरयार फ़रमाते हैं कि

अब तो ख़्वाबों में ही मुमकिन है मकाँ की तामीर
अपने नक़्शे के मुताबिक ये ज़मीं कुछ कम है

इन चिट्ठियों को लिखना ज़माने से मेरा प्रतिरोध या प्रतिकार नहीं है, बस! उसके सामने अपनी शर्तें रख देने का ढंग है—या वह भी नहीं, बस अपने हिसाब से जिये जाने की कोशिश है। ये चिट्ठियाँ वह बिछौना थीं, जिन पर लिखने के बाद मैं सोई, ये चिट्ठियाँ वह तकिया थीं जिनमें सिर छुपा कर रोई, इन चिट्ठियों से वे कमरे बने जिनमें मैं अकेली रहती थी, इन चिट्ठियों में वे गीत आये जो मैं गाती थी, इन चिट्ठियों में वह खिलखिलाहट बनी जो मुझे बचाती रही, इन चिट्ठियों से वे रास्ते बनते रहे जिन पर मैं चलती रही। इन चिट्ठियों से वे वास्ते बनते रहे जिन्होंने मेरी दुनिया को नये सिरे से सिरजा। ये चिट्ठियाँ न होतीं तो शायद मैं ऐसी न होती।

इन चिट्ठियों को लिखे जाते समय भी कुछ लोग थे जो लगातार पार्श्व में मेरे साथ बने रहे। कभी संजीव अभ्यंकर के राग बागेश्री ने मेरी ऊँगली थामी तो कभी किशोरी अमोणकर रात-रात भर मेरे लिये गाती रहीं। कभी उस्ताद अमजद अली ख़ाँ साहब के सरोद का साथ मिला तो कभी यानी की धुनों पर थिरकते रहे मेरे शब्द पन्नों पर। बीमार दिनों में दवाओं से ज़्यादा मुझ पर उस्ताद नुसरत फ़तेह अली ख़ाँ, बेग़म अख़्तर, उस्ताद मेहदी हसन साहब, पं. हरिप्रसाद चौरसिया, कुमार गन्धर्व, उस्ताद सुलतान ख़ाँ, नोरा जोन्स, जॉर्ज माइकेल का टॉनिक असर करता रहा है।

इस पूरे वक़्त में मेरे एकान्त की रक्षा करते हुए कुछ लोग प्रत्यक्ष रूप से

लगातार साथ बने रहे। जहाँ विवेचना व समागम थियेटर ग्रुप के मेरे अभिन्न मित्र विवेक भैया, विथि और आशीष एक ही चिट्ठी के कई पाठ सुनने के लिये हमेशा प्रस्तुत रहते थे तो वहीं कवि-कथाकार और पत्रकार मित्र प्रियदर्शन जी ने इन चिट्ठियों को किताब की शक्ल देने के लिये प्रेरित किया। कवि-चित्रकार मित्र तुषार धवल ने मेरे मस्तिष्क के दायें हिस्से की हरकतों को चीन्ह कर इसे एक सृजनात्मक डायरी में बदलने की सलाह दी। मनोचिकित्सक व लाइफ़ कोच डॉ. रेशमा हिंगोरानी मेरी मित्र न होतीं तो शायद ही मैं सब-कॉन्शियस माइंड की गतिविधियों और रचनात्मकता को संजीदगी से ले पाती। उपन्यासकार-अनुवादक मित्र सरिता शर्मा से हुई लम्बी बतकहियाँ भी इन चिट्ठियों को सींचने का काम करती रहीं। इधर कीर्ति और आदित्य मेरे एक सन्देश पर दुनिया के किसी भी कोने का संगीत जुटा देते या तकनीकी कामों के लिये हमेशा मुझ से ज़्यादा तत्पर रहे। वहीं आदर्श अपने शेड्यूल से हर दिन क़रीब दो घण्टे चुराता रहा और लगभग डाँट-डपट कर एक जर्जर-सी मैनुस्क्रिप्ट को दुरुस्त करवाता रहा। बीते बरसों में गार्गी की हस्तलिखित चिट्ठियों के जवाब लिखना व उसके साथ लगातार पत्र-सम्पर्क में रहना मेरी चिट्ठियों को समृद्ध करता रहा। कभी किसी शब्द में अटकी तो शब्दकोष खोलने के पहले मम्मी को फ़ोन लगाती और एक सटीक शब्द मेरे ख़ज़ाने में जुड़ जाता। क़िस्सागो-हमक़लम-हमनवाँ स्कन्द की इस्लाह के बिना कुछ लयात्मक चिट्ठियाँ अधूरी ही रह जातीं। मैं लिखती रही और मेरा हमसफ़र मेरी छोटी से छोटी और बड़ी से बड़ी ज़रूरतों को बिन कहे पूरी करता रहा। आज, जब किताब पूरी हो गयी है तो लग ही नहीं रहा, यह मुझ अकेले की किताब है। इसे लिखा मैंने, लेकिन गढ़ा इन सब ने। इन सब के लिये आदर, स्नेह और आभार महसूस कर रही हूँ।

ये चिट्ठियाँ क़ायदे से कविताओं जैसी हैं। एक साँस की तरह कविता ही लिखी जाती है। कुछ तो इनमें कविताएँ ही हैं। लेकिन जिस जीवन को यह सम्बोधित हैं, जिस अनुभव से यह निःसृत है, वह दरअसल बहुत पथरीले दुखों-सुखों के बीच बना है—नितान्त गद्यमय।

ये बावन चिट्ठियाँ इसीलिए अन्ततः वह पाठ बनाती हैं जो कविता के किनारे काटता हुआ गद्य के जंगल में खो जाता है—बाहर निकलता है तो फिर किसी रेतीले रेगिस्तान में ही—चुल्लू भर नदियों की ठण्डक खोजता

हुआ, धरती–आकाश के बीच तनी हुई एक प्रत्यंचा को किसी अनन्त लक्ष्य पर साधता हुआ, लेकिन आँख उतनी दूर तक टिक कहाँ पाती है— वह लौट आती है अपनों के बीच, अपनी चिट्ठियों के बीच, अपने संसार के कोलाहल में वापस।

ऐसी गद्यमयता के बीच जो लिखा गया, उसे कविता कैसे कहें ? मैं चाहती हूँ कि आप इन्हें गद्य की तरह ही पढ़ें। इसमें कहानी भी है, निबन्ध भी है, डायरी सी भी है, और पत्र तो है ही। अपने अनुभवों के बन्द बक्से को बरसों बाद तोड़कर निकाली हैं ये चिट्ठियाँ। भरोसा करती हूँ कि इनकी पीली पड़ती स्मृति के बीच आपको अपने हिस्से की स्मृति भी नज़र आयेगी।

बाबुषा कोहली

(वि)लीन-रेखा

मनीष पुष्कले

(वि)लीन-रेखा

> "रेखाचित्र का निरूपण बहुविध है। मेरे लिये रेखाचित्र का होना एक ऐसी अवलम्बित निष्ठा व ऐसी सर्जना से जूझना है जिसमें उपज अपनी पूरी सम्प्रभुता के साथ न्यस्त हो सके। रेखा, मेरे गत्वर को अनावृत्त करती है। मेरे मद में वह गहरा जाती है, धीमा छोड़ते ही वह स्वयं मद्धम हो जाती है। समान दबाव के प्रसंग में उसका संचरण स्थिर होता है। वह अपने अंतस में सारे भावों को पूरी समग्रता के साथ लिये हुए रहती है।"
>
> —राफ़ेद स(।)खी

यह नियमित क्रिया नहीं है लेकिन संयमित ज़रूर है।

यह लिखने या रेखांकन करने की बाध्यता से दूर की बात है। जब कभी भी मन होता है मैं कुछ लिखने या रेखांकन करने का प्रयत्न करता हूँ। अपनी सुभीता के लिये वैसे मैं यह हमेशा याद रखता हूँ कि हमारी परम्परा में चित्रित करने की क्रिया को 'लिखना' ही कहा गया है। जहाँ निर्बाध वर्ण (रंग) की साधना, बाध्यताओं (विषयक) से निर्बन्ध हो जाने की कोशिश है। जब चित्र निर्बन्ध हो जाता है, परम्पराएँ पुन: जागृत हो जाती हैं।

जाहिर है कि जब कविता, कहानी, उपन्यास, यात्रा-वृत्तान्त, ख़बर या डायरियाँ नहीं लिखी जा रही हों तो विन्यास की अनुपस्थिति में भाषा स्थगित नहीं हो जाती। जब इनमें से कुछ भी न लिखना हो, लेकिन फिर भी लिखना हो तो लिखने का प्रयत्न लिखने ही के उद्देश्य को

खोजने का उपक्रम बन जाता है। मेरे सन्दर्भ में—रेखांकन, इस उपक्रम के औचित्य का एक रूपक है, इसलिए वे मर्यादांकन भी हैं।

टैगोर को याद करते हुए कह सकता हूँ कि ऐसा भी होता है कि लिखते हुए भाषा का कोई वर्ण धीमे से अपने रेखीय वर्णन में तब्दील हो जाता है। वे वर्ण, जो अब तक लिपि की माला में मोतियों के मानिन्द थे और शब्दों में जड़े जाने के बाद अर्थों की लड़ी से बींध दिये जाते थे, अपना स्वतन्त्र, व्यक्तिगत विस्तार पाने लगते हैं। कभी-कभी एक लकीर कुछ और नहीं, किसी वर्ण का आलाप हो जाती है।

आलाप, जो शब्द की बन्दिश से मुक्त है। वर्ण, जो शब्द बनने की ख़्वाहिश में था, निःशब्द लकीर बन जाता है। शब्द, जो वर्ण को आत्मसात् कर अपने अर्थ की आसक्ति में धधकता है, जो भाषा की मध्यमा में धड़कता है, उन सवर्ण लकीरों के समक्ष स्वयं को निरर्थक होते देखता है, जो स्वभावतः पठनीय है, वह अब स्वयं को पढ़ कर नहीं, बल्कि देखकर विस्मृत होता है। जहाँ उसका आत्मबोध—उसके पठन से नहीं, दर्शन से जागता है।

जब वर्ण का एकत्व शब्द की परिधि में परिभाष्य हो जाता है, रेखा विलीन हो जाती है।

मनीष पुष्कले

ज़िन्दगी का मक़सद ज़िन्दगी के भेदों तक पहुँचना है
और दीवानगी इसका एकमात्र रास्ता है।

—ख़लील जिब्रान

क्रम

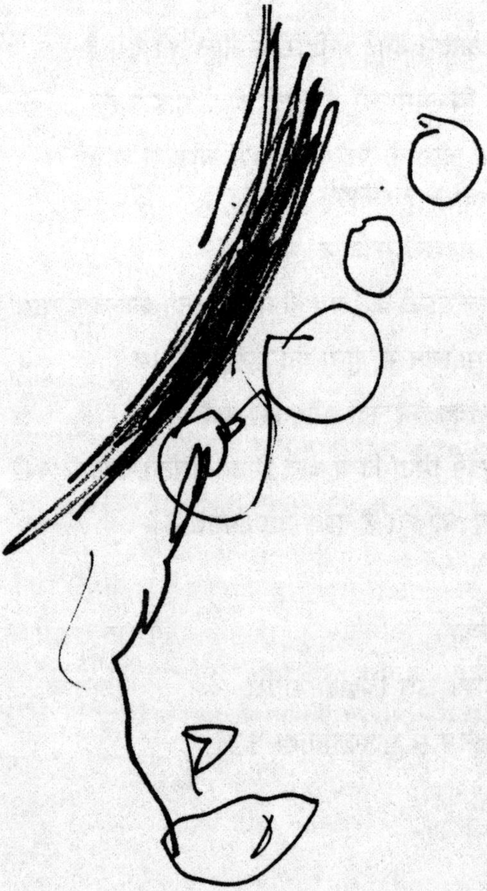

१

शायद एक दिन मैं सूर्य बन कर जल उठूँगी

चौराहे के जाम में फँस गयी हो शायद...

इन सवाली रातों की
जवाबी सहर
मेरे हाथों की हिना
झर रही है सूख कर
लक़ीरें सो रही हैं
सुर्ख़ चादर ओढ़ कर

जल कर कोई भस्म नहीं होता। राख के मलबे में सबसे ताज़े 'फूल' खिलते हैं। सूर्य एक जलता हुआ फूल है, जिसकी धूप धरती के कोने-कोने को सुगन्ध से भर देती है। पता नहीं वो किस की मटकी फूटी थी, पता नहीं वो किसकी अस्थियाँ बिखरी थीं, पता नहीं वो कौन था जिसने इतनी गाढ़ी और लम्बी रातें काटी थीं? पता नहीं सबसे पहली बार सूर्य कब उगा था?

पता नहीं।

रात के पैरों पर जब लोहे के बाट बँधे हों और उसका चेहरा कोयले से भी अधिक काला हो, तब दिन उगने की प्रतीक्षा नहीं करनी होती। तब स्वयं सूर्य बन कर जलना होता है।

शायद
एक दिन मैं सूर्य बन कर जल उठूँगी।

२

तुम्हारी हूक से जन्मे सात रंग और हत्यारा प्रेम

सोते हुए मैं आर्किमिडीज़ हूँ
नींदें मेरा एथेंस नगर
स्वप्न मेरे
पानी पर शोध हैं
मेरी कविताओं को पढ़ा नहीं जाना चाहिए

वह,
जो सुन सकता है, सुन ही लेगा
इन अक्षरों की देह में धुकधुकाता
धरती से आकाश तक गूँजता
''यूरेका! यूरेका।''

•

उस रात के तीजे पहर मेरे उनींदे चित्त को उसकी आवाज़ एकदम साफ़ सुनायी दे रही थी। उसकी आवाज़ में बेचैनी थी, ढंग में उन्माद था। वह कहे जा रहा था।

''ये मुझे क्या हो गया है?

सात जन्मों के स्वप्न मेरी नींद में कोहराम मचाये हुए और हर जन्म में मेरे बायीं ओर नज़र आने वाली तेरा प्रश्नहीन चेहरा! तुझे सात वचनों

में बाँध कर किसी अग्निकुण्ड की सात बार परिक्रमा कर चुके मेरे सातों विवश मन।

नहीं! ऐसा नहीं हूँ मैं!

अपने हर एक मन में मेरा अलग रूप और चेहरा है। दुनिया के सात भरमाने वाले अचरज एक तरफ़ और मेरे भीतर छुपे सात मन एक तरफ़। सबसे शक्तिशाली शासक हुआ करता था मैं जो हर मन की प्रजा पर मनचाहे ढंग से राज करता।

सारे मनों को एक मटकी में रख कर घोल देने वाली एक ज़िद्दी तू!

मेरी आत्मा पर पड़े सात तालों को तोड़ कर मेरी देह और मन पर शासन करने वाली सतरंगिनी! मेरे ऊबड़-खाबड़ मन के मानचित्र पर खिंची सात सीमाओं को मिटाने लगी है तू! सात जटिल प्रश्नों से भरा वो पर्चा हूँ जिसे तूने उस हिम्मती हातिम की तरह हल कर डाला है।

मेरे मन की सात पृथ्वियाँ और हर पृथ्वी का एक अलग आकाश। सात समुद्र पार से उड़ कर आयी तू वो पहली चिड़िया जो उड़ान भरती है हर आकाश पर। अलग-अलग ग्रहों की मिट्टी जमा कर मेरे आकाशों पर तूने रंग-बिरंगी रेखाएँ खींच दीं। हाँ! ठीक है कि अपनी इन्द्रधनुषी रस्सी से तूने मुझे बाँध रखा है पर तू ये जान ले कि मैं बँधने वाला नहीं!

मैं मोह हूँ, मिथ्या हूँ, मृगतृष्णा हूँ। खण्ड-खण्ड बँटा हुआ मैं द्वैत की नींद हूँ और तू अद्वैत की खटखट।

नहीं! तू मेरे अस्तित्व के लिये ख़तरा है। मैं तुझे मिटा दूँगा। होगी तू चतुर खिलाड़िन जो माँ के गर्भ से ही व्यूह-भेद की कला सीख कर आयी पर मैं तेरे लिये ऐसा चक्रव्यूह रचूँगा, जिसकी कोई काट तेरे पास न होगी।

देखना तू! सबसे पहले द्वार पर मैं तुझे एक स्वप्न की तरह मिलूँगा। तेरी नींद के घने जंगल में लुका-छिपी खेलते हुए तुझे बहुत दूर तक ले आऊँगा। दूसरे द्वार पर वसन्त ऋतु बन कर तेरे तन-मन पर छा जाऊँगा। तू बौराई सी तीसरे द्वार तक पहुँचेगी तब मैं वैद्य का रूप धरूँगा और तेरे तन-मन की पीर के लिये औषधि पीस कर एक पुड़िया में रख दूँगा। पुड़िया हाथ में थामे तू आगे बढ़ेगी तब चौथे द्वार पर मैं नाव बन जाऊँगा और चौड़े पाट वाली उस गहरी नदी के उस पार ले चलूँगा। उस पार पाँचवें द्वार पर मैं तेरी साँवली परछाईं बनूँगा और छठे द्वार तक तेरी उजली देह से झरते हुए तेरे साथ चलूँगा। छठे द्वार पर मैं सूर्य बनूँगा और तुझे आश्वस्त कर दूँगा कि तेरी हथेली पर कभी पश्चिम दिशा न होगी।

आख़िरी द्वार पर तू मारी जायेगी। उस सातवें द्वार पर मैं तुझे प्रेम बन कर मिलूँगा।''

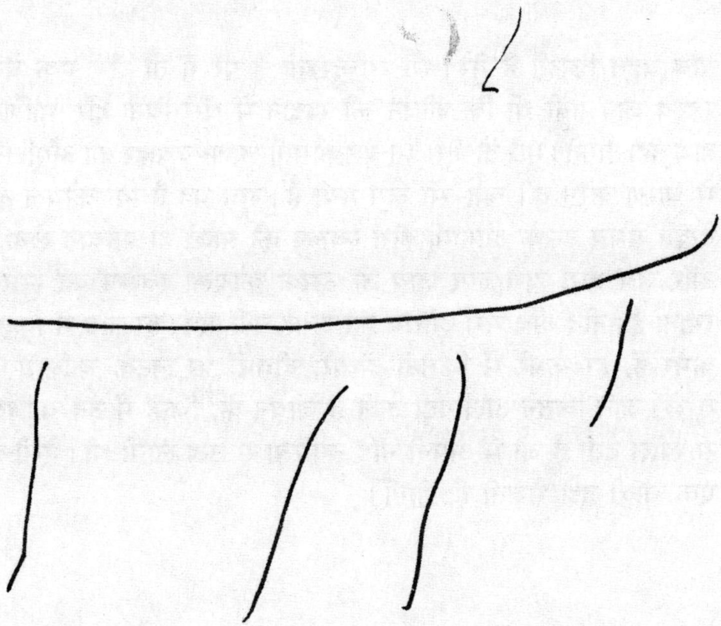

३

हरियाला बन्ना आया रे

पाँव बहुत छिलते हैं मेरे। रग रग दुखती है पर मैं तो जैसे एक बड़ा रहस्य जान गयी थी कि जीवन की खदान में धँसे बिना हीरे-माणिक हाथ नहीं लगते। मुझे तो जैसे इन बेशक़ीमती लाल-जवाहर को अँगुलियों में धारण करने की लत-सी लग गयी है। सूत्र यह है कि कोयले को देखते समय उसके आगामी हीरा स्वरूप को पहले ही पहचान लेना है और जब हीरा हाथ लग जाय तो उसके कोयला स्वरूप का स्मरण रखना है। नीदें अब मेरी आराम की जगह नहीं रहीं। हर नींद में कितने कमरे हैं, हर कमरे में कितनी दीवारें, दीवारों पर लटके चाबियों के गुच्छे। जाने कितने अलीगढ़ी ताले हैं जीवन के, जिन्हें मैं उन चाबियों से खोल देती हूँ जो मैं अपनी नींद नगरिया से उठा लायी थी। ऐसी ही एक चाबी तुझे भेजती हूँ, गार्गी।

•

मैंने जाना कि पत्तियों से ज़्यादा क्लोरोफ़िल उनकी परछाईं की नसों में दौड़ता है। पेड़ से कहीं ज़्यादा हरी होती है पेड़ की छाँव। दुर्गम और लम्बी दूरियों के यात्री इस हरेपन को पहचानते हैं। रंग हमेशा अपने रंग के नहीं होते। गाढ़ेपन का लेप और समय की खुरचन रंगों के रूप बदलती है।

मुझे नींद का एक क़िस्सा याद आता है।
मुझे किसी यात्रा पर नहीं निकलना था और मैं ठीक उसकी आँखों के सामने खड़ी थी। उसने इतना कस कर मेरा हाथ पकड़ा हुआ था जैसे मुझे आख़िरी बार देख रहा हो। उसकी सख़्त पकड़ से मेरी कलाई पर हरे निशान उभर आये। कलाई के निशान तो कब के मिट गये पर मन पर चढ़ा हरा रंग छूटता नहीं। ये कोई नौ सौ साल पुरानी बात है।

*हाइड्रस** नक्षत्र के तारे उस दिन आपस में कानाफूसी कर रहे थे। दक्षिण से आती हवाओं ने उनकी बुदबुदाहट मेरे कानों तक पहुँचाई। बूढ़ा तारा समूह के युवा तारों को उस पहली किताब के बारे में बता रहा था, जिसमें पृथ्वी के नीला ग्रह होने की बात लिखी थी जबकि युवा तारे विस्मित आँखों से पृथ्वी का हरापन देख रहे थे।

उस दिन *लवर्स ओक** की छाँव तले यह वाक़या हुआ था।

उस रात मुझे लगा कि अन्तरिक्ष तो जैसे एक रूमाल है छोटा-सा। यह मेरी आँखों की नमी न सोख सकेगा। काश कि धरती मेरे तकिये से बनी होती तो इसके किसी हिस्से में कभी सूखा न पड़ता। अमेज़न के जंगल भला मेरे तकिये से ज़्यादा हरे कैसे हो सकते थे, गार्गी?

जानती हो, मैं हरे रंग को पहचानती तो थी पर जानती न थी।

इधर देखती हूँ जिन रेगिस्तानों में उसने मुझे स्पर्श किया, वहाँ शाद्वल बन गये। जिन सूखे ताल-तलैयों के पास बैठे वह मेरी प्रतीक्षा किया करता, वहाँ तरह-तरह के जंगली फूल उग आये। मुझे यूँ लगता मानो धरती पर मेरी छाँव से हरियाली बन रही हो।

वह।
मेरा स्वप्नपुरुष!

मुझे लगता, इसी तरह वह मेरा हाथ थामे सपनीले रेगिस्तानों में खानाबदोशी करता रहा तो हाइड्रस के बूढ़े तारे को किताब का वह पन्ना फाड़ना होगा और युवा तारों को पृथ्वी के बदले हुए रंग की कथा सुनानी होगी। तन पर कुछ भी पहनूँ-ओढ़ूँ पर मेरी आत्मा ने उसका बुना हुआ हरा लिबास पहना है।

गार्गी, मुझे नौ सौ सालों तक लगातार उसकी पुकार सुनायी देती रही। एक रोज़ एक सूखे कुएँ के कान में मैंने कहा कि मैं कितनी बड़भागी हूँ। मेरे स्वप्नपुरुष ने मेरा नाम अपनी पुकारों में बदल दिया है। कुआँ जीवन का अनुभव रखता था। वह मुझे दुर्गम मार्गों की कथायें सुनाने लगा। मैं हँसने लगी। मैंने उसे बताया कि मैं सड़कों पर नहीं उस आदमी की पुकार पर चलती हूँ। यह सुनते ही उस कुएँ की आँखों से आँसुओं की धार बह निकली। मैं उस अभिशप्त कुएँ में तब तक उसका नाम पुकारती रही जब तक कि वह अपनी जगत तक न भर गया।

आधी रात उठ बैठती हूँ। नीमबेहोशी में कुछ लिख देती हूँ डायरी पर। काग़ज़ तन हुआ जाता है मेरा और स्याही बन गयी हैं पानी की बूँदें। मैं पुकारती जाती हूँ उसका नाम, बढ़ता जाता कुएँ का पानी, मैं भीगती रात रात भर...

स्वप्न तुम्हारा
बावरी प्रतीक्षा को
आश्वासन

आश्वासन?
खिड़कियों पर
टँकी आँखें
झाँकती पर्दे के पीछे

स्वप्न-पर्दा झीना-झीना
तुम हो सच्चे

मैं अकेली
धूप गाढ़ी
नींद झूठी
झूठे उसके आश्वासन
स्वप्न तुम्हारा
आँखों को
शरबत है मीठा
तुम हो सच्चे
मीठे-कड़वे

तुम हो मेरे! ठीक वैसे ही
कि जैसे नींद आँखों की
मगर हो दूर आँखों से

---

* हाइड्रस : पृथ्वी से १२७ प्रकाश वर्ष दूर एक तारा समूह।

* लवर्स ओक : जॉर्जिया में पाया गया नौ सौ वर्ष पुराना वृक्ष।

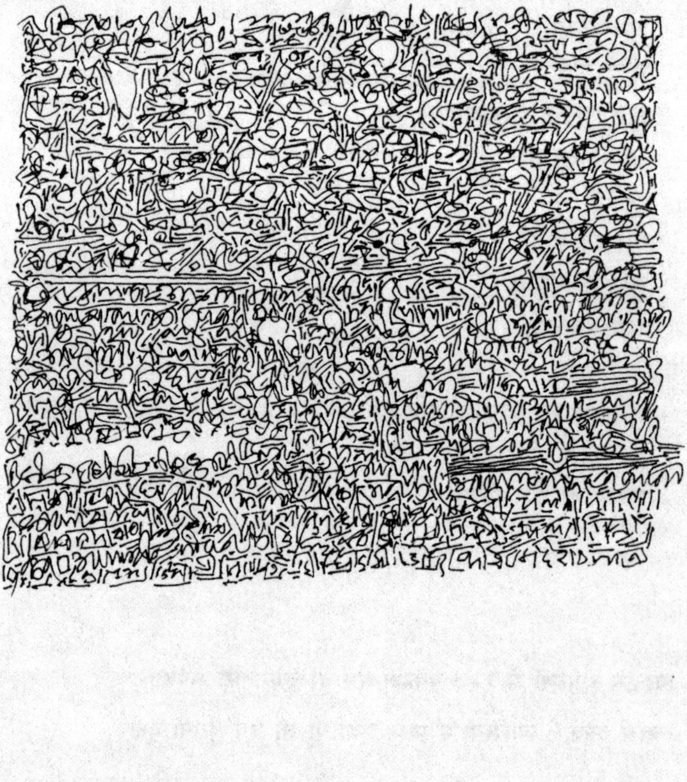

४

भंगुर है क्षण, सखी!

किसी तरह से वसन्त कटा। हफ़्ते-दस दिन नरबदा जी के सबसे वीराने घाट में फगुआ गाती टोली मिली, वह भी न ठहरी। चैत ने साँकल खटकायी तो लगा द्वार से ही लौटा दूँ। कितने दिन कोई ठहरता है, प्रतिभा?

एक-एक कर दिन झर रहे कैलेण्डर से, घर भर गया सूखे पत्तों से। भंगुर है क्षण, सखी!

सब व्यतीत हो जाता है। तब भी उन बातों को मैं ध्यान से देखने की चेष्टा करती हूँ, जिनके स्वभाव में स्थिरता है। जैसे कि कार्तिक माह के एक सूर्यास्त की स्मृति मेरी दृष्टि को ऐसे बेधे रखती है ज्यों भीष्म पितामह को अर्जुन के तीरों ने बेध दिया था। न आँख ही फूटती है, न लहूलुहान सूर्य का मेरी आँखों से रिसना ही थमता है। यह सतत धार मुझे ढाढ़स बँधाती है कि कुछ तो है, जो नित्य है। पड़ोसी मुल्क की बंजारन रूह रेशमा की आवाज़ का विरही उठान मेरे हृदय में अडोल है। रह-रह कर रात के तीजे पहर पिराता छाती का कोई अगोचर घाव स्थायी है। इधर के दिनों में स्वप्निल बाबू की एक ग़ज़ल लिपट गयी कण्ठ से, जिसके सहारे निर्मम ऋतुएँ सहने योग्य हो सकीं। वे कहते हैं :

भँवर के साथ नद्दी रक़्स में है
के जैसे एक सूफ़ी रक़्स में है

किसी की प्यास लय में हो न हो पर
जहाँ पर भी है पानी रक़्स में है

शेष तो सब भंगुर है, सखी!

सुख के जिन क्षणों को हम अपने भावों की सघनता में जी रहे होते हैं, वे हमें अनन्त, अविराम और अविभाज्य जान पड़ते हैं। उन क्षणों में हम भ्रम के जाले में फँसी उस अवश मछली से अधिक नहीं होते जो जाली से जल की अखण्डता झाँकती रह जाती है। इस बुद्धू मछली की आँखें आजीवन खुली रहें तब भी यह देख न सकी कभी जल के बुलबुले।

एक-एक कर फूट जायेंगे। बुलबुले हैं सारे क्षण, सखी!

उजियारे के पर्व से लेकर रंगों के पर्व के बीच के सारे जल को कोई रेतीला ब्लैकहोल सोख लेता है। अकम्प जान पड़ती दीयों की लौ को जाने कौन फूँक मार कर बुझा देता है। रंगरेज़ के पक्के रंगों को जाने कौन रगड़-रगड़ कर छुटा जाता है और एकाएक नींद से कोई उठाता है, कोई तड़ातड़ थप्पड़ जड़ता है, कोई मुँह पर पानी फेंकता है; उठो बाबुषा! क्षण हैं ये, जल के क्षीण बुलबुले, क्षणिक ही रहेंगे।

''उठ ललमुनियाँ! जगाने आया हूँ तुझे।'' आँख खुली नहीं कि बुलबुला फूट जाता है। जी को नहीं रुचती अब क्षण की भंगुरता। हवा के हौले आघात भर से चटक जायेंगे। कोमल हैं सारे क्षण, सखी!

प्रतिभा, कोई तो ऐसा उदार समुद्र हो जो अपार हो, अथाह हो।

जो सारे टूटे-फूटे बुलबुलों को शरण देता हो, उनकी मरहम-पट्टी करता हो।

जो इस आत्मघाती टूट-फूट को प्रश्नांकित न करता हो।

मन में तीव्र उत्कण्ठा है उस निष्ठुर ब्लैकहोल से गुज़रने की, जहाँ अपने टूटे-फूटे क्षण बिखरे पड़े हैं। अदम्य चाह है उन अबोध तरल कणों को समेट कर किसी अखण्ड जलधि में विसर्जित कर देने की। करुणा का वह श्वेत समुद्र कहीं इस भूखे ब्लैकहोल के उस पार तो न होगा? क्या होगा उस पार, यह जानने की उत्सुकता मेरी देह में साँय-साँय बजती है ज्यों जेठ की पागल हवा झींझती-सी चलती है कुछ ढूँढ़ती हुई, गली के रहस्यमय सन्नाटों में सिर पटकती हुई।

जिस समुद्र की लहरें मेरे स्वप्न भिगो जाती हैं, कैसे सम्भव है कि वह कहीं न हो? जो उस पार वह समुद्र हो तो मुझे उस जल से अपने मस्तक पर तिलक करना है। जो उस पार वह समुद्र हो तो मुझे उसका जल मन की पारदर्शी शीशी में भरकर उसी अँधेरी गली से लौटना है स्टीफ़न रेडिएशन की तरह और संसार भर की भंगुरता को यह समाचार देना है कि कुछ है, जो कभी नहीं मिटेगा।

तेरे शहर की नदी का जल मेरे शहर की नदी में मिला हुआ है। जिस साँझ रेवा के बिछोही नेत्रों ने गोमती से आये आधी शीशी जल को स्वीकार किया था, मैं जान गयी थी कि जल खींच लेता है जल को और सारी भंगुरता को एकमेक कर पी जाता है? जल की जलन बुझती है जल से ही।

प्रतिभा, इस ब्रह्माण्ड में वह दयालु समुद्र कहीं हो तो तेरी कच्ची बातों की पवित्रता को साक्षी मान उन सभी भंगुर क्षणों को उनकी क्षीणता के अभियोग से मुक्त कर दूँ।

और यदि वह समुद्र कहीं है ही नहीं तो सर्वशक्तिमान प्रकृति से प्रार्थना करती हूँ कि मुझे ही उस निष्पक्ष निरंग समुद्र में परिवर्तित कर दे जहाँ जल के बुलबुले अपनी टूटन को निशंक भाव से विसर्जित कर सकें।

जल के भंगुर बुलबुले से अधिक नहीं है यह पृथ्वी। मेरा निवेदन है ब्रह्माण्ड भर के जलस्रोतों से कि न हो कहीं वह अपार तो मुझे ही बना दें वह अक्षुण्ण जलराशि।

जल से पड़ी जल की खरोंचों पर जल की ही पट्टी बँधेगी न, सखी?

सुख के नुकीले तीर से
बिंध गया मन
मुस्कान चोटिल रिस रही है

नरबदा के घाट बैठी
चैत की रूखी पवन
धूमिल-सी एड़ी घिस रही है

धूप हल्की दरदरी
थोड़ी नरम
जल-चक्कियों में पिस रही है

साँझ की नौका पर सवार
दृश्य सारे
उतर जायेंगे अभी उस पार

और
पीछे छूटा मल्लाह
विरह की टीस गायेगा
नवेली दुल्हिनों में जगायेगा
आस

कि परदेसी निठुर वह

छोड़ सब ब्यौपार
एक दिन लौट आयेगा

५

बिनशिस्त-ओ-हाय-हाय बरमन बि गिरीस्त

रसीद ज़े मन कसे कि माशूक़-ए-तू कीस्त
गुफ़्तम कि फुलाँ कस अस्त मक़सूद-ए-तू चीस्त
बिनशिस्त-ओ-हाग-हाय बरगन बि गिरीस्त
कज़ दस्त-ए-चुनी कसे चिसाँ ख़्वाही ज़ीस्त

शेख़ सईद साहब की रुबाई का मतलब यह कि मुझसे किसी ने पूछा कि मेरा माशूक़ कौन है। मैंने कहा कि फ़लाँ शख़्स है, मगर तुम क्यों पूछते हो ? वो आदमी वहीं सिर पकड़ कर बैठ गया और मुझ पर हाय-हाय कर के रोने लगा और फिर कहता है—ऐसे के हाथ से तू किस तरह से ज़िन्दा बचेगा ?

और जब हर ख़्वाब की आहट पर जिस्म सूखे पत्ते-सा थरथराता हो, उम्र सूखी ब्रेड-सी हलक पर फँसने लगती हो, हल्के सर्द मौसम में भी माथे पर पसीने की बूँदें छलछला जाती हों, फिर भी *यानी* की किसी धुन पर दुपट्टा लहराने को जी करता है, तब दिल के सारे रेशों में ख़बर फैल ही जाती है कि कहीं दूर बैठे-बैठे बेरहम के सीने पर नाम धड़का है अभी-अभी।

यूँ दर्ज करने थे कितने ही शिकवे, मगर जाने दिया।
''जितने सभ्य होते हैं
*उतने अस्वाभाविक''**

कहनी तो थी विकु शुक्ल की कविता मगर जाने दिया

कैरम खेलने आया था वो मुझ संग
अपने स्ट्राइकर की सीध में ले के मैं उसका ग्लोब दुनियादार
गुमाने वाली थी जालीनुमा ब्लैक होल में क़ायनात
मगर जाने दिया।

इक गली इल्हाम की, उस छोर में जलता हुआ सूरज है जिसके
और वहाँ जाना नहीं ख़तरे से ख़ाली
चुपचाप रख देना था नक़्शा स्टडी में उसकी
मगर जाने दिया।

चुरा तो लेना था आधा हर्फ़ उसके नाम का,
करनी तो थीं पूरी कुछेक नज़्में अधूरी
मगर जाने दिया।

इक मैच का था आख़िरी ओवर, गेंद भी आख़िरी ढीली-सी थी

यूँ तो मुझे जड़ना था बाउण्ड्री, तीन रन कुल और थे
मैं जीत सकती थी, मगर जाने दिया

वक़्त पर पहुँची थी स्टेशन, ट्रेन अलसायी खड़ी,
मुन्तज़िर मेरे लिये ही थी
मगर जाने दिया।

ओस बीनी, जेबें भर लीं,
दिसम्बर चाहता था ठहरना कुछ और, मगर जाने दिया।

जागी रही शब भर सिरहाने ख़्वाब रक्खे

सुबह जाने क्यूँ मगर जाने दिया।
जा रहा था साल,
रोया ख़ूब काँधे सिर को रख मैंने, मगर जाने दिया।

तुम देख लो हमदम! कि ये मेरा शहर है
इस शहर को प्यारे सभी मौसम, यहाँ पे ठहरती हैं बारिशें
आकाशगंगा झमकती, बसते हैं नग़मे हर गली
चाहूँ तो रह जाऊँ अमीरी में ही, दिलबर!
उम्र भर

बिनशिस्त-ओ-हाय-हाय बरमन बि गिरीस्त
के तंज़ से भी बेअसर
कुछ सोचकर मैंने
मगर जाने दिया!

---

* विनोद कुमार शुक्ल की एक कविता-पंक्ति

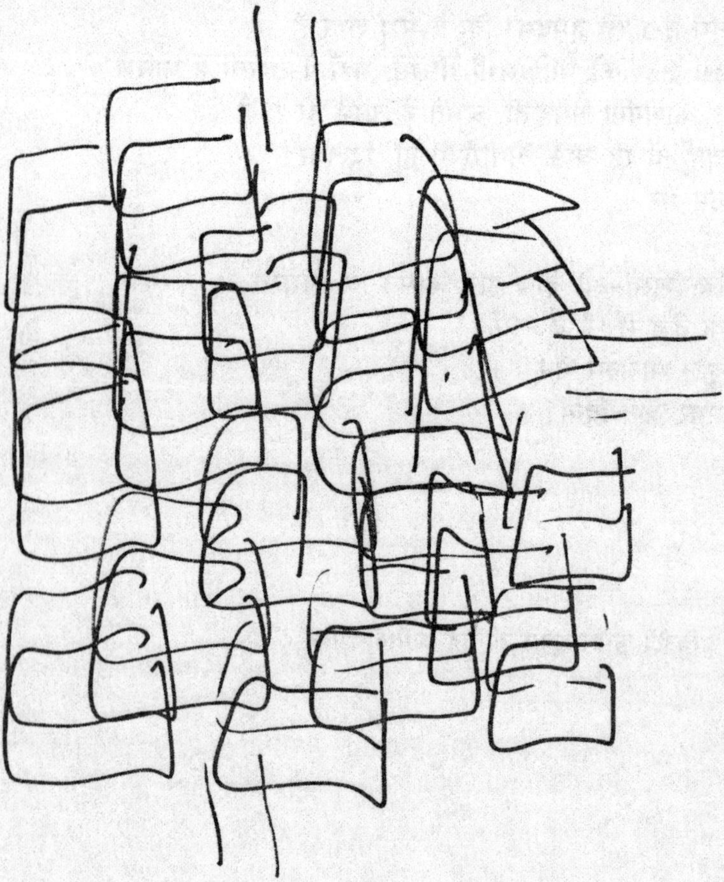

६

मेरे साथ 'रॉकस्टार' देखोगे ?

ओ मायावी!
ओ जादूगरनी!
ओ तान्त्रिक!

तुमने पुकारा? पहाड़ों तक फैल गयी अपनी मदहोश पुकार समेट कर रख लो अपने वॉलेट वाली तस्वीर के पीछे।

जो आओगे मेरे पास तो मिट जाओगे कि मेरे पास बैठने की एक यही निगोड़ी शर्त है। आना जब भी, जान दरवाज़े के बाहर उतार आना। जब ज़रूरत होगी, मैं ले ही लूँगी। पर ये जो तुम्हारी रूह है न एकदम अभी पैदा हुए बच्चे-सी सच्ची और एकदम अभी उगे फूल-सा दोशीज़ा मन, इस पर सारी माया निछावर! जाओ! जान बख़्शी!

मेरे दरवाज़े पर मत दो और दस्तक, देहरी पर मत जलाओ ख़्वाब कोई, रौशनदान से मत दाख़िल होओ हवा के ताज़े झोंके की तरह। मेरी इन द *टाइम ऑफ़ कॉलरा* में बुकमार्क बन कर मत समा जाओ। अपनी याद को सुबह छः बजे का अलार्म मत बनाओ। क्यों तुम अपनी कलाई पर बाँध रहे हो बेचैनी धक्-धक् सी? ओ परदेसी! तुम सचमुच नहीं जानते कि कितना बुरा होता है ज़िन्दगी में कम्बख़्त एक अच्छी बात का होना?

लैम्पपोस्ट के नीचे अकेली खड़ी ठिठुर रही थी उस रात और तुम ओढ़ा

गये अपना नीला पश्मीना, बस! वही एक लम्हा तो है तुम्हारी ख़्वाहिश की उम्र। अपनी रूमाल की गाँठ में बाँध लो अपनी चाह की पल भर की उम्र और उड़ जाओ दूर, नीले बादल!

ज़रा देखो तो! बाहर सड़कों पर शोर है कितना और कैसा जगमग मेला। ज़िन्दगी के झिलमिल रंग तो देखो! कैसे खिले खिले उजले से। बंजारों के संग मिल कर जीवन का कोई गीत गुनगुनाओ। ब्रायन एडम्स के गिटार में बस जाओ और इन हवाओं में बिखर जाओ। दिसम्बर की चमकती दोपहर हो जाओ और छींकते आँगनों पर उतर जाओ। नेशनल हाइवे नम्बर सेवन हो जाओ और भर लो अपने सीने में पहियों की उमंग और मेरे शहर में तीस मिनट की साँसें।

ये मेरी बालों की लटों में उलझ गयी हैं ज़ो आवाज़ें तुम्हारी, इसे सुलझा लो। मेरे मन के समन्दर में उतर रही है जो ख़ामोशी तुम्हारी, उसे डूबने से पहले बचा लो। तुम बना लो मेरी आँखों से बहते काजल का मिसरा। ग़ज़ल के काफ़िये पर मेरे माथे की लाल बिन्दी लगा लो। पता है मुझे कि सर्दियों में अब भी बहता है तुम्हारे बायें हाथ से दर्द क़तरा-क़तरा। तुम्हारे ज़ख़्मी बाज़ुओं पर अपनी गीली दुआएँ बाँध कर मैं लौट आऊँगी।

घूमना पूरी दुनिया और पीना ज़िन्दगी साँस भर-भर के मगर याद रखना मेरी बात कि जादुई दुपट्टों की किनारियों पर ही होती है सारी चकाचौंध, बीच से तो वो तार तार होते हैं। जाओ सिकन्दर! अपनी हार्ले डेविडसन उठाओ। मुझ से सात जहाँ दूर निकल जाओ।

अच्छा सुनो!

जाने के पहले मेरे साथ एक बार *रॉकस्टार* देखोगे?

७

सलामी क़ुबूल करो
स्वप्न पिता के लिये

मैं उसे लगातार नहीं पढ़ सकती। वो मुझे सन्न छोड़ जाता है। मुझ जैसों को ज़िन्दा रहना हो तो उस जैसे से छः-आठ महीने में एक बार मिलना ठीक रहता है। उससे मुलाक़ातें सेहत के लिये ख़तरा हैं। कभी-कभी जी करता है कि काश मैं उसकी जनरेशन में पैदा हुई होती तो उसके घर के सामने सड़क पर खड़े होकर उसे गालियाँ बकती और उसकी खिड़की पर पत्थर फेंकती।

एक रोज़ नींद में मैंने उसे ख़ूब आड़े हाथों लिया, "सुनो! मुझे चिढ़ है तुमसे। तुम अपने इन बड़े-बड़े पैने नाख़ूनों को कुतर डालो जिनसे तुम इस सोसायटी के चेहरे पर पड़ा नक़ाब नोचते हो। इतना सच कहना ज़रूरी है क्या? ज़िन्दगी पर कुछ तो यक़ीन बाक़ी रहने दो। एक रोमांस नाम का एलीमेंट भी होता है, मिस्टर! ज़िन्दगी से थोड़ा रोमांस नहीं कर सकते? बोलो? अरे थोड़ा बाग़, गुलाब, आफ़ताब, माहताब, जुस्तजू, ख़ुशबू पर भी लिखो कि बस बू* ही लिखना है! थोड़ा बरगलाओ लोगों को भई! ये झूठ बड़े हसीन होते हैं। ज़िन्दगी जीने का हौसला देते हैं। पर नहीं जनाब! जो तुमने अपना तरीक़ा बदला तो आईने वालों की दुकान न बन्द हो जायेगी? तो घूमो गली-गली आईना लेकर और निपटते रहो अदालती मुक़दमों से। स्याही है कि कमबख़्त ज़हर भर रखा है क़लम में। जिस पन्ने पर फैले वही सूख जाय।"

मेरे इस—चीख़ने-चिल्लाने का उस पर कोई असर न हुआ और वो

चद्दर ताने सोता रहा।

ऐसी ही किसी मुलाक़ात में मैंने उससे कहा कि ये ख़ुदाबख़्श किस किसिम का मर्द था। सुल्ताना से मुहब्बत का दम भी भरता था और उससे धन्धा भी करवाता था। मैंने उसे मशवरा दिया कि उसकी कहानी का एण्ड कुछ यूँ होना था कि सुलताना और शंकर की सेटिंग जम जाती। सुलताना को सच्चा प्यार हासिल होता और शंकर-सुलताना की ज़िन्दगी सँवर जाती। ख़ुदाबख़्श मरता, जो करना है करता। मेरी बात पर वो मुस्कुरा कर रह गया।

मैं कब रुकने वाली थी। मैंने आगे सक़ीना के बाबत बात की—"तुम से तो बात ही करना बेकार है। ये सक़ीना का इज़ारबन्द खुलवाना ज़रूरी था क्या? दुपट्टा सरकाने से भी काम चल सकता था। सब तुम्हारे हाथ में था। तुम जैसा लिखते वो वैसा करती पर तुम्हारी क़लम को तो दुनिया चकलाघर नज़र आती है और ज़िन्दगी महज़ ख़रीद-फ़रोख़्त का सामान। हुह!"

मेरी इस बात पर वो हँस पड़ा और अपनी स्टडी की दराज से दो टॉफियाँ निकाल कर मेरी हथेली पर रख दीं और मुझे चलता कर दिया।

एक दफ़ा वो मुझे मेरा बाप बन कर मिला। मैं नन्ही सी थी। लोग अपने नन्हे-मुन्नों को पार्क में या अच्छी सड़कों पर चलना सिखाते थे। पर वो मुझे घुटनों तक कीचड़ में चलना सिखाता था। मेरी माँ उसकी इस हरकत पर उसे कोसती पर वो एक कान से सुनता और दूसरे से बाहर कर देता। इस तरह चार-पाँच मर्तबा मैं उससे नींद के शहर में मिल चुकी हूँ। वो बच्ची समझ कर चॉकलेट-वॉकलेट खिला कर भगा देता है।

कल रात पारा सौ डिग्री पार कर गया। चुनाँचे मैंने आज काम से छुट्टी

ले ली। अभी सुबह से उसकी *शिकारी औरतें* पढ़ कर उठी हूँ। सोचती हूँ दिन भर वो साथ रहे तो बुख़ार क्या बुरा है?

पर सच तो यह है कि वो कोई बुख़ार की दवा नहीं है। उल्टे वो ख़ुद ही एक जानलेवा बुख़ार है। राहत हरगिज़ नहीं है वो। दिन भर उसके साथ रहने के बाद कोई किसी करम का बाक़ी नहीं बचता। पहाड़ों पर चढ़ते हुए ऑक्सीजन की कमी हो जाने से नाक-कान और सिर पर जो एक अजीब तरह का दबाव महसूस होता है ठीक वैसा ही लगता है जब उसके साथ पूरा दिन गुज़ार दो।

अभी मैंने एक क्रोसिन ली है। उसके बाद भी वो माथे पर एक सौ एक डिग्री के ताप की बराबरी से सुलग रहा है। कनपटी में साँय-साँय कर रहा है वो। और ऐसी हालत में बस एक ही इलाज नज़र आता है कि चौराहे पर खड़े होकर ऐलान करूँ—

सआदत हसन मंटो! बाबुषा कोहली की सलामी कुबूल करो।

बू*—मंटो की प्रसिद्ध कहानी जिसके लिये उन्हें न्यायालय में मुक़दमे का सामना करना पड़ा।

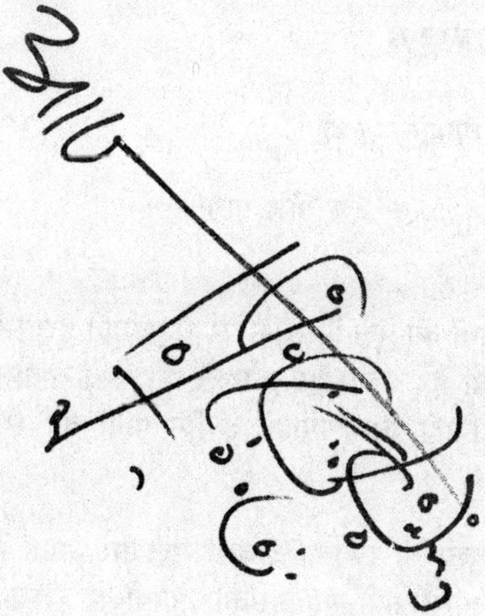

८

कच्ची नींद का पक्का पुल

बैठ कर किसी कोने में
ध्यान करो यों
जैसे तुम कोई घायल पशु हो

—एक बौद्ध प्रार्थना

वह बिना पटरियों का पुल है, जिस पर धड़धड़ाते हुए स्टीम इंजन वाली एक ट्रेन गुज़रती है। जलते हुए कोयले की गन्ध वातावरण में चिपकी रह जाती है। ज़िद्दी चिपचिपाहटें हैं कि पानी की रगड़ से भी नहीं धुलतीं।

चौड़े कन्धों वाला वो लड़का अक्सर पुल पर आता है और देर तक ठहरा रहता है। चमकती हुई उसकी आँखों में खोज की चौंध और ठहराव की सुस्ती है। *कॉलरिज* के *ऐलबेट्रॉस** का नाख़ून ताबीज़ की तरह उसके गले में हमेशा बँधा रहता है। उस नदी को लगातार निहारता हुआ वो ख़यालों के जंगल में कुछ तलाशता है। ऐसा लगता है जैसे उसकी आँखें नदी की देह के भीतर जल रही आत्मा की लौ खोज रही हैं। फिर पुल के ऐन बीचोंबीच ठहर कर वो नदी में पत्थर फेंकने लगता है। अपने होंठ गोल करके हवा के तार पर बीटल्स की धुन छेड़ते हुए वो लापरवाही से ट्रेन के पैरों के निशान पर एक नज़र डालता है और मुँह फेर लेता है। नींद की घाटियों में देर तक उसकी सीटी की आवाज़

गूँजती है। क़भी-कभी वो भूखी मछलियों के लिये नदी में आटे की गोलियाँ डालता है और मछलियों की दुआएँ जेब में भर कर पैरों से पत्थर ठेलता साँझ के धुँधलके में गुम जाता है।

इन घाटियों में चलने वाली पछुआ हवाओं के बस्ते में बारिशें भरी हुई हैं। जब-जब ये मतवाली हवाएँ अपना बस्ता खोलती हैं, नदी का पानी पुल तक चढ़ जाता है। इंजन का काला धुआँ ट्रेन के पीछे सड़क बनाता चलता है। बारिश में सड़कें बदहाल हो जाती हैं। धुएँ की सड़क आत्मा के इन्द्र के प्रकोप से मिट जाती है।

मछलियाँ घर बदलने की जल्दी में हैं। पानी की दीवारों के पार, किसी मछेरे के जालीदार दीवारों वाले घर में रहने चली जाती हैं। मछलियाँ दीवारें तोड़ती नहीं, घर छोड़ देती हैं। नींद में दिशाएँ अपनी जगह बदलती रहती हैं। यह पता ही नहीं चल पाता कि बीटल्स की धुनें गुनगुनाने वाला लड़का किस दिशा से आता है और कहाँ गुम हो जाता है। पीछे छूट जाता है अकेला खड़ा एक पुल, जलते कोयले की गन्ध और पुल के ऊपर से बह रहा नदी का पानी।

''जान मेरी!
क्या किया इतने सारे सालों में तुमने, जब पन्द्रह साल का वो लड़का बार-बार गुम जाता था?''

जीवन-मृत्यु की देहरी पर दायाँ पाँव रखे पूछोगे एक दिन तुम ये बात भी। सोचती हूँ कभी, कौन-सा एक दिन ढूँढ़ रहे हो मेरे निर्जला व्रत का तुम? मन भी कैसा चौड़ा आँगन है। तुम्हारे नाम का फुलेहरा बाँधती जाती हूँ, आँगन फैलता जाता है।

टिमकी में गनेस, टिमकी में गनेस
ढोलक पे बैठी मैय्याँ गौराऽऽऽ

आँसू मीठी-तीख़ी बम्बोलियाँ गाते हैं।

जलद्वार खटखटाते हैं चप्पू ब्रह्मबेला में, नदी अपने घर के पट खोल देती। मल्लाह देते सन्देसा घाट का,

"बावरी! कुल गाँव प्यासा बैठा है, चिरई-चुरगुल प्यासे री!"

"और मैं? मेरी प्यास का क्या?"

अपने मध्य में सिकुड़ जाती, वह चौखट पर धर देती अँखियाँ, टेरती अपने जोगी को, गीली बम्बोलियाँ उसके कण्ठ में अटक-अटक रहतीं। मगर भैरोंलाल हैं कि प्रकट नहीं होते।

जोगी! घूँट-घूँट प्यास को पीते रहने वाले की उम्र ही तीज हो जाती है। मैं कोयले की गन्ध को खुरच-खुरच कर निकालती हूँ और उसकी सूख गयी पपड़ियों को चूम लेती हूँ। उस सूखेपन को अपनी मुट्ठी में मसलकर उसकी राख अपने माथे से लगाती हूँ हर दिन।

स्वप्न तुम्हारी और मेरी आँखों के बीच बना पुल है।

---

* ऐलबेट्रॉस—एस. टी. कॉलरिज की 'द एंशियेंट मेरिनर' में नाविक के गले में लटका मृत समुद्री पक्षी जो नाविक की ग़लती का प्रतीक है।

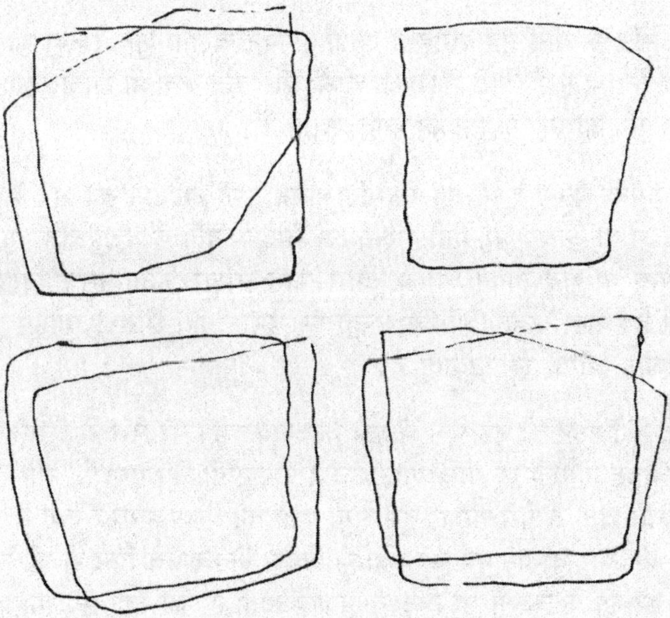

९

मेरे केंचुए, तुम्हारी मछलियाँ

वह नींद में बनी हुई जगह है, जहाँ से मैंने चलना शुरू किया था। मैं नींद की यात्री हूँ। मेरी नाभि के चारों ओर एक केंचुआ रेंगता रहता है। नींद मेरे जीवन का ठेठ अनुवाद करती है।

मेरे भीतर फैला हुआ यह लिसलिसापन तुम्हें खो देने का भय है। मैं नींद में ही केंचुए पर मुट्ठी भर नमक छिड़क देती हूँ। इस यात्रा के हर ठहराव पर मुझे अपने पैरों के आस-पास बिखरा हुआ नमक दिखायी देता है। नानी कहती थीं कि धरती पर नमक नहीं गिराना चाहिए वर्ना भगवान आँखों से उठवाता है।

नींद में कितने ही टूटे पुल मैं पार कर चुकी हूँ। मेरे पैरों से रिसते लहू से बीहड़ जंगलों के बीच एक कच्ची पगडण्डी बन गयी है। बार-बार बाधित होती है मेरी यात्रा। तुम सूखे पत्तों को फूँक मारकर हवा में उड़ा देते हो और तुम्हारे मुँह की हवा से श्वास लेकर पत्ते फिर से जी उठते हैं। हरे रंग के कन्धों पर अदृश्य भुजाएँ होती हैं, जो ठहरे हुए यात्री का हाथ थाम कर आगे की ओर खींचती है।

तुम नींद के उस पार खड़े हो। जागते हुए मेरी पीठ पर कोई मछली मचलती है। उस मछली का नाच तुम्हारे होने का उत्सव है। मैं दुनिया के सारे केंचुओं को मार डालना चाहती हूँ। तुम दुनिया के सारे सूखे पत्तों को हरा कर देना चाहते हो।

जबकि मेरी आँखों में हिलोरे भरते नमक के अथाह समन्दर का रहस्य

नानी बरसों पहले बता गयी थीं।

•

सुग्गे के पंख–सा दुपट्टा
जिसके एक छोर में बँधी रहती स्मृतियों की इलायची हमेशा
दूजी गाँठ में सत्तर बरस लड़ने का वादा
पेड़ पर टिके खड़ी पहाड़ी गाँव की एक साँझ
जिसकी परछाईं मैदानों तक खिंच जाती
रंग–बेरंगे मौसम के धागे से मैं काढ़ती
रूमाल पर नाम तुम्हारा
सिकन्दर!

नदी के तरौंस पर बैठे किसी मासूम झगड़े के बाद
तुम्हारी तर्जनी के पोर से झर आती
मेरे माथे पर नर्मदा रंग की बिन्दी
और
दुःख की छोटी पगडण्डी में एक जोड़ी परछाईं की आवाजाही
बस! इतना ही तो चाहा था

पीठ के तालाब में तड़प कर मर गयी
तुम्हारे होंठ की मछली
शीशी में भर कर सिरा आऊँ मैं नदी के तरल में
तुम्हारी अधबुझी सिगरेट जैसा मेरा अधसुलगा मन
मगर अफ़सोस!
कि मेरे शहर की नदी किसी भी नेशनल हाइवे पर उफना जाय

वो तुम तक नहीं पहुँच सकती
कोई जो देखना चाहे समन्दर का घना सूनापन
जाय
झाँके तुम्हारी आँखें

तुम्हें भेजने थे
दुपट्टा
साँझ
बिन्दी
तुमने मेरी चिट्ठी का जवाब तक न भेजा

कोई अफ़सोस होगा तुम्हें
जब अचानक बिन जताये एक दिन कैलेण्डर में मेरी साँसों का इतवार
आ जायेगा ?

एक दिन
शहरों के बीचोंबीच रास्ते बना कर आयेगी नदी
तुम्हें देने मेरी यह आख़िरी चिट्ठी

तुम नदी को मुट्ठी भर जौ-तिल देना

१०

जेठ के निर्मम दिनों में भी मैंने नर्मदा को सूखने नहीं दिया

दरस की तो बेला भई रे
बेला भई रे पट खोलो छबीले भैरों लाल रे
नरबदा मैंयाँ तो कँवारी बहे रे
नज़र भर देखन न पाये रे
देखन न पाये वो तो हो गये पहड़िया की ओट रे
नरबदा मैंयाँ कँवारी बहे रे

मानो धरती ने मजीरे का रूप धर लिया हो और बादल टिमकी बन बज रहे हों। इन बम्बोलियों की ऊँचाई चढ़ते-चढ़ते कुँवारी एक आदमक़द खड़ताल में बदल जाती है। वो इस कदर टूट कर झमकती है कि उसकी देह पर खरोचें पड़ जाती हैं।

कोई आया था जो अपने मन के छिलके उतार कर यहाँ फेंक गया। कोई छबीला भैरों लाल अपने अन्तस के बीज कूट-कूट कर यहाँ बिखेर गया। कुँवारी अपनी कमर में चीड़ के घुँघरू बाँधे उसे नगर-नगर ढूँढ़ती फिरती है।

पतझड़ उस छबीले की आँख का आँसू बन यहाँ झरता है। आषाढ़ उसकी स्मृतियों की हिचकी है। सावन उसका रुँधा हुआ कण्ठ है। दिन उसका नाम लेकर साँय-साँय करते हैं। रातें उसकी हड़फूटन से अटी रहती हैं। यहाँ कुँवारी की पनीली काया के दर्शन करने वालों का

जमावड़ा लगता है। वो पानी के नीचे फड़फड़ाती है।

जंगल काट देने से ही जिन्न मुक्त हो जाते तो चीड़ के जंगल कब के गूँगे हो चुके होते। मैं पत्थर पर एक प्रश्न बाँध कर खाड़ी की ओर उछाल देती हूँ।

''एक रोज़ तुम्हारी छाती में दफ़न हो गया दुर्मद *ईगल*
जरछार उल्काएँ भुजा में सिर रख कर सो गयीं
पर जब विषमताओं और रहस्य की देवी तुमसे मिलने पहुँची
ओ खम्भात!
सलीके से लिफ़ाफ़े में मोड़ कर क्यों लौटा दी तुमने उसकी बेचैनी ?''

पश्चिम से कोई उत्तर नहीं आता।

मैं देर तक सीढ़ियों पर बैठी रहती हूँ। कभी कोई क़िस्सा जेब से निकाल कर पानी में फेंक देती हूँ। कुँवारी के गालों पर भँवर पड़ने लगते हैं। वो तेज़ी से सीढ़ियों की ओर बढ़ती है। पानी मेरे सिर के ऊपर से गुज़रने लगता है।

ओ भैरव जोगिया!
ये महज़ मेरी और तुम्हारी कथा नहीं है। इस नदी की भी तो है, जो घुटने मोड़ कर बैठी मेरे सुख-दुःख सुनती है।

जेठ के निर्मम दिनों में भी मैंने नर्मदा को सूखने नहीं दिया।

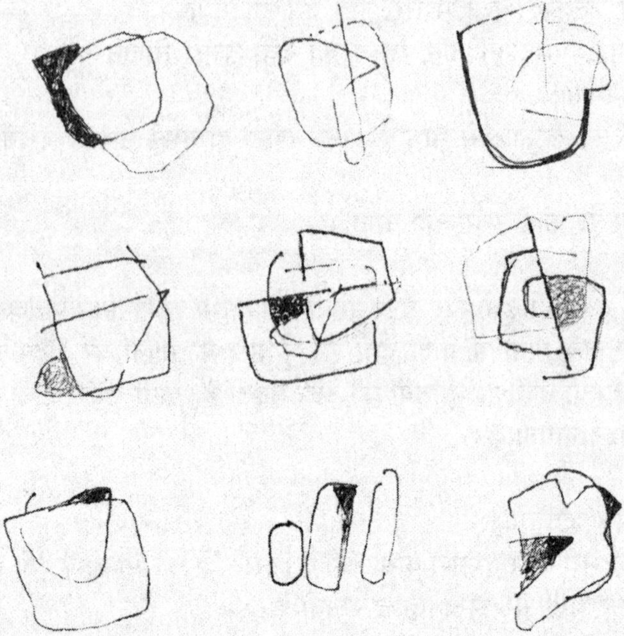

११

ईद मुबारक

जाने कितनी यादें लिये हर बरस चमकता है आसमान पर ईद का चाँद और कितने बरस याद की कटोरी में सेंवइयों की तरह गुत्थमगुत्था मिलते हैं, बड़े शीरीं।

अब अम्मियाँ माइक्रोवेव हुईं तो हामिद भी ई–बे के मेलों में खो गये। गले मिलने की गर्माहट चुक गयी। रोज़े में कमाये चाँद ख़र्च हो गये। इतने लोग शामिल होते ज़िन्दगी में रोज़ ही, और पीछे तुम सब कहाँ खो गये? ओह रेशमा! तुम कहाँ खो गयी, निक़हत कहाँ खो गयी? मनीषा, रवि शंकर, रईस, रियाज़, सोनाली, बुशरा, कुशल, पंकज, रोज़मेरी, साबिर तुम सब कहाँ खो गये? व्हाट्सएप्प पर कटोरी-कटोरी भर सेंवइयाँ बँट रही हैं। सेंवइयों का स्वाद खो गया। ईदी में मिलने वाला दस का नोट खो गया।

चुपके से तकिये के नीचे रख जाती थीं
इक सच्ची आमीन दुआओं के बदले जो
किस फ़साद में क़त्ल हुईं वो परियाँ प्यारी

कोयल गाना भूल गयी क्यों
राग सुबह उम्मीदों वाले
पेपर वाले रामदीन से
गप्प लड़ाये अरसा बीता
किस को क्या मतलब है किस से

हर कोई अपने में गुम है
घण्टे भर से ढूँढ़ रही मैं
जाने कहाँ पे पड़ी हुई है
मिर्ज़ा के *नुक्कड़* की सीडी

रात अमावस वाली रौशन
करते थे मिट्टी के दीये
फूट गये सब गुज़रे सालों
छूट गये अब खील-बताशे
गुड्डे-गुड़िया रंग-तमाशे

नानी ले गयी लोरी भी संग
इक गोली में नींद बन्द है
शहज़ादा भी राह भूल कर
चला गया है क़िले जीतने
ख़्वाब नगर में लगा है कर्फ़्यू
सन्नाटों का हद-आलम है

दिन का क्या है
आता है फिर ढल जाता है
सूरज चाचा की आमद से
क्या दिन भी उग आता है?

इतना सब गुम जाने के बाद भी ईद के आने का रास्ता नहीं गुमा। ये आती रहेगी। इसे आते रहना चाहिए। ये हर साल आने वाली ईद और हमारे भीतर ठहरी ईद कोई दिन गले मिल कर रो पड़ेंगी। तब सब ठीक हो जायेगा।

इस उम्मीद के साथ मुबारक रहें ईदें, मेरे गुमे हुए दोस्तों!

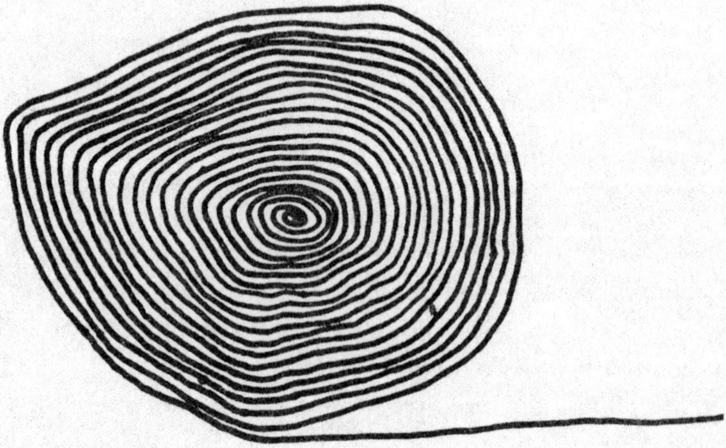

१२

मेह निरजर फूल शिउली हो रहे

ऐसा लगता है मानो उस्ताद बिस्मिल्लाह ख़ाँ साहब की शहनाई की तान से फूट कर निकलती हों यहाँ की गलियाँ और जीवन की मद्धम लय में खो जाती हों। मानो किसी राग के पिघलने से नदी बनी हो और उसका सलेटीपन हमेशा के लिये साँसों पर जम जाता हो। मानो दिन-दोपहर-साँझें शंकर की धूनी का धुआँ हों। मानो ऋतुराज वसन्त यहाँ पहुँचते ही प्रेम का चाकर हुआ जाता हो।

बरसों पहले मिली थी इस शहर से पहली मर्तबा। तब उमर कम थी मेरी और स्कर्ट में गुलाबी प्रिंट्स ज़ियादह। तब जेब में तरह-तरह की चॉकलेट पड़ी मिलती थीं। वक़्त गुज़रा तो रंग-बिरंगी गोलियों की जगह काग़ज़ की मुड़ी-तुड़ी कतरनों ने ले ली। जिन पर आड़ी-टेढ़ी ज़ुबान में रोज़नामचा दर्ज होता रहता है। चाहे तो कविता कह ले कोई, चाहे तो न कहे।

अतीत की तेईस बरस लम्बी सड़क पर आँखें मूँदे चल पड़ती हूँ कुछ दूर तलक।

ऐसा लगता है मानो याद की सारी सड़कें चाँद तक जाती हों। चाँद की अंजुरी से निरगुन झर रहा है। आज की रात मेरे शहर में धुआँधार का जल ज़रूर कुछ और धवल हुआ होगा। बेकल मन मेरा किसी बुज़ुर्ग शहर की जटाओं में उलझा हुआ आज।

और फिर तीन दिनों तक लिखती रही शंकर के प्रति यह पुकार।

काटना-लिखना-काटना-लिखना का खेल अभी चल ही रहा था कि बनारस से तुम्हारा आदेशात्मक सन्देश आया था। "यह कविता तत्काल प्रभाव से भेज दो। नहीं! किसी पत्रिका के लिये नहीं, कहीं काव्य-पाठ के लिये नहीं। शिव के रुद्राभिषेक में अर्पित करने के लिए।"

आत्मजा गार्गी, कविताएँ कब पूरी होती हैं? कविताओं के भीतर से आती पुकारें होती हैं पूरी। सो इस पुकार को पूरने और जटाजूटधारी तक पहुँचाने का यश तुझे मिले।

घाव निर्जर
फूल-शिउली हो रहे

प्रिय आयेंगे
धर रूप माली
नेह-जल से
सींच देंगे
बाग-अन्तस्
स्कन्दसम्भव!

रात्रि गहरी
तारकों की
रही भीतर
गंग-पथ है जोहती!

महायोगी!

दूर काशी में कहीं
कर रहा कोई

साँझ-बाती
प्रिया तेरी
मन करे अर्पण

मन
गोल सिक्का
आरती के थाल में
सिक्कों की खनखन

नीलकण्ठी!
चटक-चटक झर रहा
नीला गगन
सहज शुभ्र हो रही
जाबालि-नगरी
भर रही पनिहारिनें
पंचरंग गगरी

महाप्रेमी!
मेह निर्जर
फूल-शिउली हो रहे

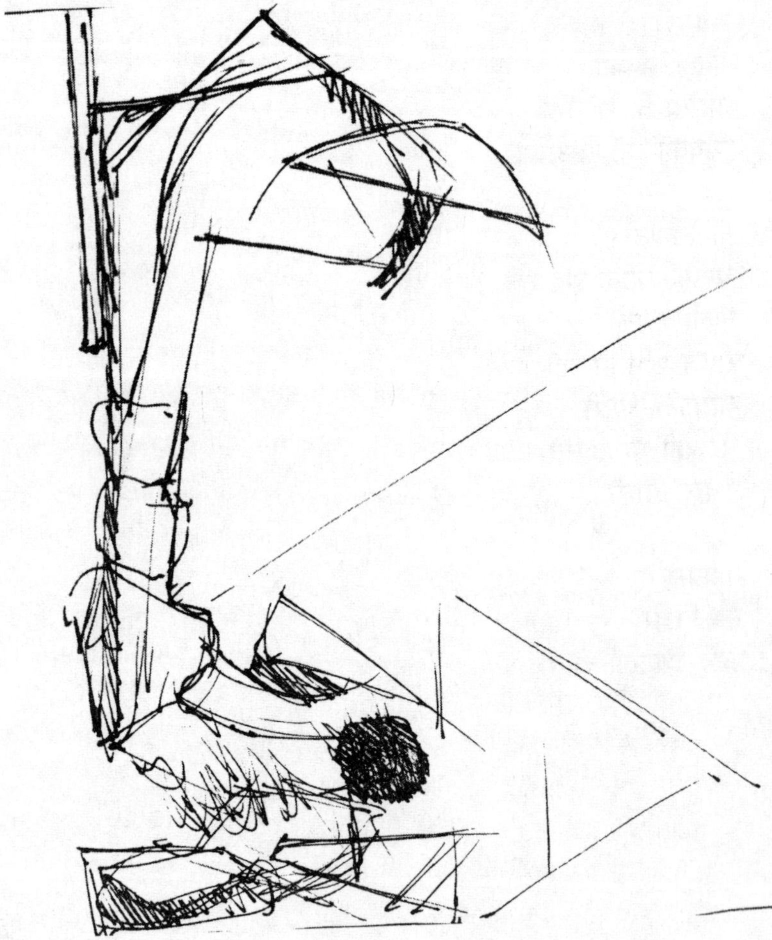

१३

मिर्ज़ापुर कइले गुलजार
कचौड़ी गली सून कइले बलमा

बिखरे हुए उलझे हुए से उम्र के ये साल हैं
कि रात के चौथे पहर छोटी बहू के बाल हैं?

पता नहीं।

कोमल-सी घड़ी कोई जिसकी स्मृति तन-मन को चारों ओर से बेढ़ती ही चली जाती इस गहरी साँवली साँझ के साथ और एक तरफ़ कठोर अनुशासन वाली ये दरोगाइन दीवार-घड़ी कमबख़्त!

एक घड़ी सुस्ताती मद्धम साँसों के संगीत में गुँथी और एक घड़ी भागती सरपट लेफ़्ट-राइट।

सब मुअल्लिम तो लौट गये समझा-बुझा के अपने-अपने ठौर कि कसोरा कच्चा ही होता हृदय का, हौले से आघात से भी चटक जाने वाला। सिर झुकाये सुनते सबक सबके, हाँ-हाँ में सिर हिलाते सुर जमाये बैठे किसी क़व्वाल के संगतकारों जैसे, न-न करता मन गुपचुप ठेंगा दिखाता चौकस ट्रैफ़िक सिग्नलों को। धूप-पके बालों के उलाहने-शब्बाशियाँ समेटते, बदमाश खिलखिलाहटें गमलों में रोंपते, खटमिट्ठे पानियों से श्यामा तुलसी सींचते हुए हम दफ़न उस बीती घड़ी में। सब विधान सुनते पर पढ़ते अपना ही मन्तर! ख़ुद को स्वाहा करते बारहा कि दीवानगी ये अपनी चाय की पत्ती तो है नहीं कि ज़िन्दगी के खौलते

पानी में दो चम्मच डाल दें और चाय तैयार! आसमान पर नज़रें टिकाये टिमटिम जहाजों की चाल तकते, दीये में उम्मीदें बालते हुए सन्ध्या-बाती करते, कोई बिछोही राग गुनगुनाते।

उधर ओसारे ठहरे चाँद को ठसका लगा है।
पानी घूँट भर?

उँगलियों की धार से
काट लेना
हँसी का इक धवल मौसम
कँपकँपाती चाह चिपकाना
हृदय पर

तर्जनी के पोर पर
पाटल उगाना
और कोमल काग़ज़ों की
झूठीमूठी झीनी-झीनी
शीशियाँ बनाना

शीशियों में इत्र भरना
चुटकियाँ ले
हौले-हौले
कान के पीछे लगाना
और
तिलवारा के पुल पर
व्यर्थ बैठे चाय पीना
साँझ महकाना

१४

आज सजन संग मिलन बनिलवा

लाओ री मालिनिया हरवा
अच्छी नीकी लड़ी मालनिया लाओ
आज सजन संग मिलन बनिलवा

कि जैसे एड़ियों की खुजलाहट असह्य हो, कि जैसे विरह का काढ़ा और गाढ़ा हुआ जाता हो, कि जैसे इसे गटके बिना स्वर्ग के द्वार पर ही अटके रहेंगे। बीतने को पूरी रात पड़ी है और जीतने को कितने स्वप्न! चटख-सुनहले रंगों वाले।

निर्दोष-से ये सपने बीत जाते हैं और चतुर लड़ाकू रात जीत जाती है। हज़ार तालों में जकड़ी बैरी इच्छा छटपटाती है। एक कातर सिसकी की गूँज आकाश तक जाती है। सुदूर पूरब में भोर का तारा तड़प कर टूटता है, पर सुबह आती है यूँ कि जैसे फ़र्श पर काँच का गिलास फूटता है। छन्न से!

कोने में जा छिपी किरचें समेटते दिन भी यूँ ही कट जाता है और टहनी से उचक आया चंचल चाँद खिड़की से सट जाता है। जो घड़ी मिलन की थी, वो आँखों में फिर उतरी है। पर बाँझ हुई है ये साँझ जो बस, यादों में गुज़री है।

एक बार जो तुम आ जाओ तो फिर उम्मीद का नीबू चखूँ। बोलो! कब तक आले पर मैं आस का दीया रखूँ?

साँस जलती-फुँकती है, चलती है, रुकती है। माइग्रेन में सिर नहीं, अब छाती दुखती है। पपीहे की पुकार सुन लूँ तो जान जा सकती है। और ये रात, जो आख़िरी हो तो किशोरी अमोणकर मेरे लिये पूरी रात गा सकती हैं कि,

अच्छी नीकी लड़ी मालनिया लाओ
आज सजन संग मिलन बनिलवा

पर कहाँ कोई समझता है वस्ल की वीरानियाँ और हिज्र के जलसे।

चाँद के दरबार में
मिलती है सज़ा
रतजगे की

मगर
उग आती है
इक ज़िद्दी सुबह
तख़्ता पलट देती है
तानाशाह का

''चारों तरफ़ से
घिर चुका था चाँद,
वो मारा गया है''
कुदरती अख़बार की
ताज़ा ख़बर है

ख़ुश हैं परिन्दे
घास ख़ुश, तालाब ख़ुश

दरिया भी ख़ुश, चश्मे भी ख़ुश
बूढ़े भी ख़ुश, बच्चे भी ख़ुश
बाज़ार, साहूकार ख़ुश

धूप की जम्हूरियत
कायम हुई है

मैं भी ख़ुश
कि चाय की प्याली पे
बस! मेरा ही हक़ है

तुम नहीं हो!

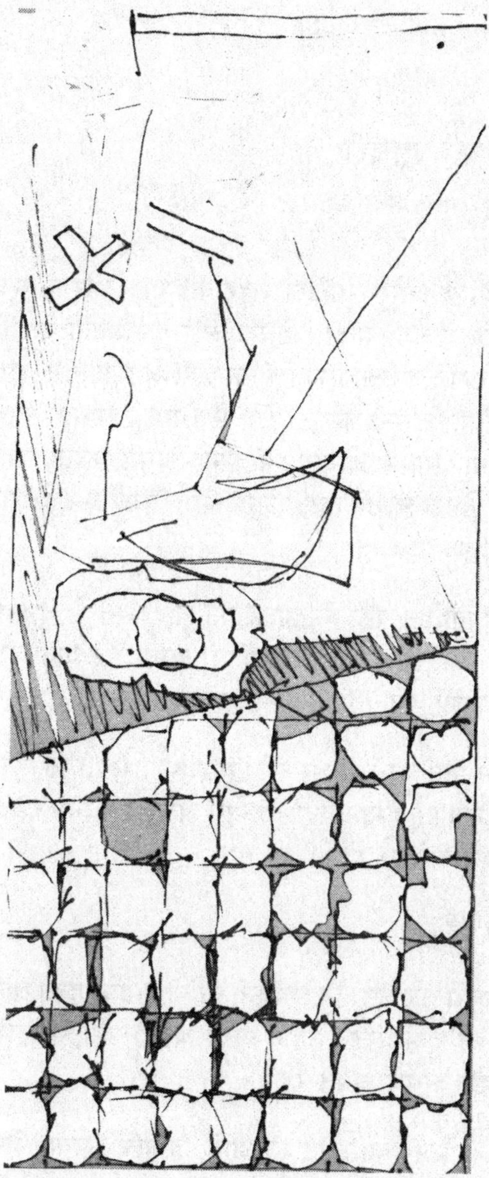

१५

एक शहर की डायरी

सुबह से आयी है आज संगदिल शहर की याद और ये सुबक-सुबक मुस्कुराहटें मेरे तकिये-चादर, डायरी और दुपट्टे तक फैली हुईं। कुछ निराला ही है उस शहर का मिज़ाज कि जहाँ जेठ के दिन वसन्त बन कर इठलाया करते हैं, वसन्त फागुनी रंगों में भिगोये रखता, फागुन सावन-सा बरस पड़ता, सावन अँखियों में उमड़-घुमड़ करता, अँखियाँ देहरी पर टँकी हुई, देहरी चौराहे तक पसरी और चौराहे की हर राह उस शहर को जाती हुई।

कैसा शहर है जो इन पाँव के छालों की याददाश्त से गुज़रता ही नहीं। शहर, जो इन आँखों की हिचकियों में बसता है। याद का मेला और करवटों का झूला, गीले सिक्कों से क़ीमत चुकाई और झूलते रहे।

घण्टी की टन-टन बस्ते में भर ली। गलियारों में दौड़ते एक जोड़ी पैरों के निशान ढूँढ़ते रहे। खटमिट्ठी बेर-सा बचपन बीनते रहे। सड़कों पर बिखरी शरारतें समेटते रहे।

देर तक रोते रहे।

आधी रात घबरा कर उठ बैठे। तकिये के नीचे दबा हुआ वादा निकाला। घुटनों पर बैठे दुआ पढ़ते रहे। आँख बहती रही, सितारे टूटते रहे। पागलों से हम क़समें चूमते रहे।

थान से एक मीटर हवा काट ले आये, झबला सिया और ख़्वाब को

पहना दिया।
धानी दुपट्टा तार-तार किया। ख़्वाबों का पैरहन सहेजते रहे।

पेचीदा गलियों में घूमते रहे। घण्टों तक बालों से खेलते रहे। आईने में ख़ुद को निहारते रहे। ख़ुद को देख कर लजाते रहे। पैरों के दर्द को सोखते रहे। कॉलर में काजल को पोंछते रहे।

बेवजह हँसते रहे, क़िस्से कहते रहे। धमनियों में बेज़ुबान दर्द को सहते रहे।

सौ दफ़ा छाती पर नाम उकेरा। छिली उँगलियों में आँखों की नमी बाँध ली। मुट्ठी-भर साँस से प्याला भर लिया। सर्द दिन में घूँट-घूँट पीते रहे।

सलाइयों में साँझें उतारते रहे, रातों को फंदे गिराते रहे। एक क़ीमती स्वेटर बुनते-उधड़ते रहे। आँखों में ख़ुद को दर्ज किया और बाँहों में ख़ारिज करते रहे। आसमान पर सवाल दागे और सूरज के सीने में जलते रहे।

मोगरे की तरह महकते रहे।

किससे कहें और क्योंकर कहें कि मौत की तश्तरी पर ज़िन्दगी चखी है। टेसू के जंगल में आग लगी है। आँच में मुसलसल झुलसते रहे। कुर्ती में लाल रंग भरते रहे।

दूर तक गलियों को तकते रहे। अरमान कभी जमते, कभी गलते रहे। हम गिरते रहे और सँभलते रहे।

टैक्सी में ख़ुद को रख कर भूल आये। एक टुकड़ा *केनी जी* की धुन के सिवा दिन भर कुछ नहीं खाया। भीड़ भी बहुत थी और शोर भी बहुत था। पर दवा पूछने वाला कोई भी नहीं था।

माथे पर अंगारे बरसते रहे। कम्बल के अन्दर हम सुबकते रहे।

पटरियों पर लम्हे सरकते रहे। हम स्टेशन-दर-स्टेशन पीछे छूटते रहे। दिल के जंगल में जुगनू चमकते रहे। मरना, क्या कोई बड़ी बात है? जीना, मगर हाँ! बड़ी बात है। अपनी मर्ज़ी से हम साँस लेते रहे। साँस-साँस सदियों को जीते रहे। पुलिया-पहाड़ों से कहते रहे। नदियों के संग-संग बहते रहे।

एक शहर पैरों में लिपट आया है। उस शहर के पैरों से हम लिपटे रहे। जूठे मुँह ईश्वर का नाम जपते रहे।

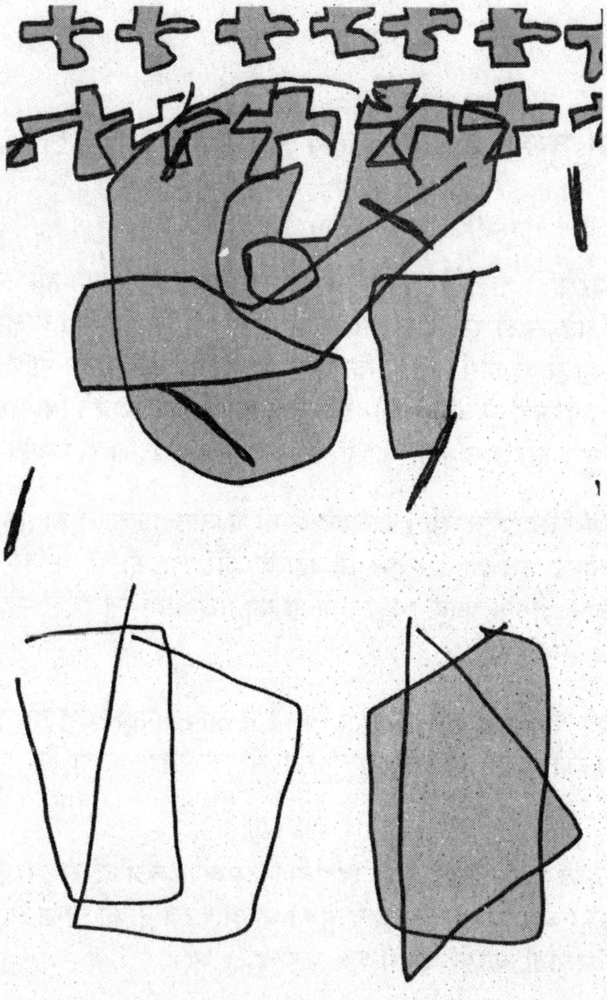

१६

स्वप्न तुम्हारे कितने महँगे नींद हमारी चिल्लर

उस बरसाती नाले के कानों पर जंगली घास उग आयी थी और वहाँ छोटे-बड़े लाल रंग वाले मखमली कीड़े भी रेंग रहे थे। हालाँकि इस बात का बहुत अर्थ नहीं है कि घास पर दराँती चलाते उन हाथों में ऐसी कुशलता कहाँ से आयी और इस बात के भी क्या मायने कि वो लड़की चुन-चुन कर मखमली कीड़ों को शीशी में भरे जा रही थी।

लाल रंग की फ्रॉक सीने वाला दर्जी तो ये जानता तक न था कि वो एक लड़की के उधड़े हुए स्वप्न सी रहा है और लड़की भी तो इस बात से अनजान थी कि फ्रॉक पहनने वाली का पसन्दीदा रंग लाल नहीं बल्कि सफ़ेद है।

लड़की की नब्ज़ कट गयी तो किसी ने आकर पट्टी बाँध दी पर उसके स्वप्न की नब्ज़ कटी तो तूतू* को भी न समझ आया कि पट्टी कहाँ बाँधी जाय।

जबकि लहू लगातार रिस रहा था। उसकी इच्छाओं से सिंची लम्बी घास पर धारदार औज़ार चल चुका था और स्वप्न की नब्ज़ से बहा लहू उन बरसाती कीड़ों का पैरहन बन चुका था।

लड़की थी कि अब भी चुन-चुन कर लाल कीड़ों को शीशी में भरे जाती थी।

कितनी ही बार वह नदी के घाटों में रगड़-रगड़ कर अपने पाँव धोया

करती पर उसके पाँव के तलुवों पर छपा हुआ नाज़्का रेखाओं तक पहुँचने का नक़्शा नहीं छूटा। जबकि उसके लिये उत्तर और दक्षिण ध्रुव की दूरी महज़ छः बाई छः फीट थी। हर रात वह अन्टार्कटिका की झक सफ़ेद बर्फ़ पर अपनी लाल मखमली कीड़ों वाली शीशी खोल दिया करती।

अन्तरिक्ष एक मैना के पंखों की फड़फड़ाहट से काँप उठता। टूटे हुए पंख पिंजरे की झालर बन चुके थे कि आख़िर पिंजरे की दो सौ छः सलाखें तोड़ना इतना आसान भी तो नहीं। उसे नहीं पता था कि घास, मखमली कीड़े और लाल फ्रॉक उसके किसी लम्बे स्वप्न के टुकड़े हैं या टुकड़े-टुकड़े हो चुके स्वप्न हैं पर वह इतना तो जानती ही थी कि खिलौने बनाने के लिये मिट्टी गीली करने से पहले ईश्वर ने चिलम खींच रखी थी।

---

*तूतू = इजिप्शियन लोक कथाओं में स्वप्न का देवता

१७

एक जंगल नींद में उगता है चुपचाप

मँझली उँगली की अँगूठी घुमाती रहती हूँ गोल-गोल, दिन-रात घूम पड़ते हौले से। मानो ये ज़िन्दगी तुम्हारी-मेरी ख़्वाहिशों का गरबा हो। चादर पर वो जो सलवटें उभर आती हैं न, सलवटें नहीं हैं। ख़्वाब लिख जाते हैं नज़्में अपनी चादरों-तकियों पर। सुबह ठीक करती मैं चादर, रात लौट जाती नैहर अपने, नज़्में मिट जातीं, जंगल गुम जाते जाने कहाँ?

गुम हुई पगडण्डियाँ
बेसलीका घास की दरी के नीचे
मुड़ी-तुड़ी कॉर्नर से
हरे मखमल ख़्वाब के पीछे
ज़माना गुम रहा है

गीली आत्मा पहने खड़ी मैं
सोचती ये प्यार की तितली
जो काँधे पे सहम
बैठी हुई है
ज़रा आवाज़ से
जो उड़ गयी तो?

धीरे से छुओ, जानाँ!

कि साँसें शोर करती हैं

जो तितली उड़ चले
आवाज़ से वह
छोड़ पीले रंग अपने
भर न लूँ ये रंग छूटे
रिंग में अपनी मैं
मँझली वाली उँगली के

कभी जो नींद टूटे
जाग में मिल जाये रस्ता
जग में आने का
गुमी पगडण्डियाँ उठ कर
खड़ी हो जायँ
जंगल से झगड़ कर

मैं अपनी चुप्पियों की जीभ से
चख कर ज़हर रिंग में भरा
सो जाऊँगी चुपके
बिना आवाज़ के

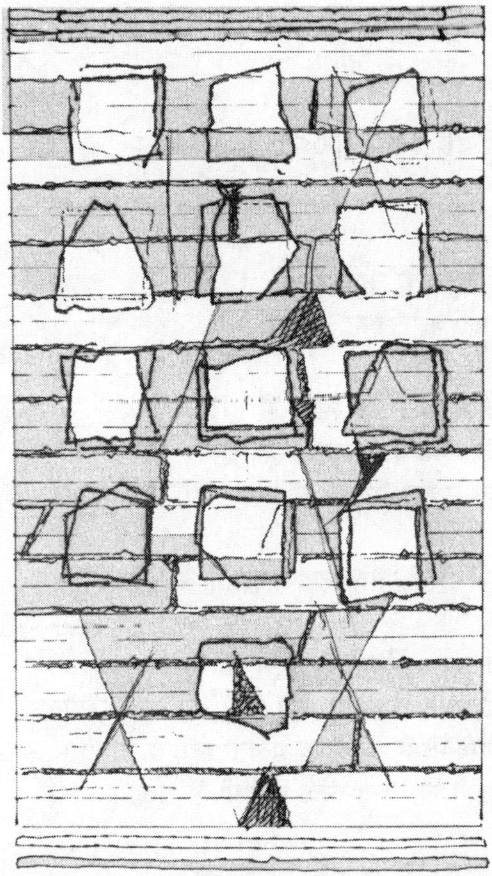

१८

साहब, बीबी और गुरुदत्त

ज़हर कटता ज़हर के काटे से
लपट से लिपट कर लपट बुझती है

कण्ठ की दहक सुलगती सेहरा में दरिया में
अगन का फूल महकता तेज़ बहुत स्वप्न की बगिया में
पानी ज़ियादह ठण्डा मिलने से मिट नहीं जाती प्यास

गहरी प्यास से मिले, तब प्यास बुझती है

आस से पैदा उमस छँटती है आस की बरसात से
रात की गाँठ पक्की खुलती नहीं दिन की नन्ही उँगलियों से
तकिये पे बिखरे मोगरे की गन्ध घुलती हवा के ज़ेहन में, रात के साथ से
बात के सुलझने से, बात कब सुलझी है भला?

साँस में साँस उलझने से साँस चलती है

•

"मगर कोई किसी से प्यार कहाँ करता है, जानाँ?"

लड़की उसे प्यार नहीं करती थी। वो तो सारा गुनाह बारिशों का था।

इधर लड़का भी तो उसे प्यार नहीं करता। और बस! जो भी हुआ, वो सारी शराब की ग़लती थी।

यूँ तो बारिशें बंजारा जात की औरतें हैं। जीवन और उल्लास के गीत गातीं, फिर शाम के धुँधलके में गुम हो जातीं। महुआ कच्चा-पक्का जैसा भी हर मौसम में मिल ही जाता। फिर एक और बारिश आ गयी और आयी एक और लड़की। वो भी कहाँ प्यार करती थी उस लड़के से, वो तो सारा कुसूर गीता की आवाज़ का था जो उस वक़्त विविध भारती पर गुनगुना रही थी कि,

''क़सम तुम्हारी मैं रो पड़ूँगी...''

''तुम भी चली जाओगी एक दिन। मैं नहीं भीगने वाला तुमसे। देखो! मेरे पास छतरी है, रेनकोट है। सब इन्तज़ाम पुख़्ता हैं अब की बार।''

लड़की की गीली आँखों पर वो सिगरेट के छल्ले उड़ा देता। इधर वो सोचती कि अगर लड़का न मिला होता तो वो ज़िन्दगी-भर पानी बरसने को ही बारिश समझती रह जाती।

लड़का बेपरवाही से दूसरी ओर देखने लगता, व्हिस्लिंग करता, गुनगुनाता, चुटकुले कहता और शराब पीता।
जबकि लड़की ख़ूब अच्छी तरह जानती थी ये बात कि...
दुनिया भर की शराबों में जितना भी अल्कोहल है, सब गुरुदत्त है।

१९

जब रुलाई फूटे

जब रुलाई फूटे, किसी पेड़ से लिपट जाना।

लॉकेट की तस्वीर में बेजान बालू भर लेना। किसी भूरे पत्थर को दिल की धड़कन सुनवाना। इन्तज़ार करते हुए लकड़ी की बेंच बन जाना। बेबस घाटों-सा कट जाना, कपड़े-लत्तों सा फट जाना। किनारियाँ उठा के सी देना, रहमत का पुल बन जाना।

दुःख को हाँडी में सेंकना, चूल्हे में सीली लकड़ियाँ सुलगाना। लपटों से अपनी धधक कहना। मुट्ठी भर मिट्टी उठाना, भुरभुरा के ढह जाना। बारिशों में भीगना, बाग़ों में बरसना, समन्दर में बूँद बन फ़ना हो जाना।

दिल निकालना, ब्लैक टी में घोल कर गटक जाना। पपीहे के कण्ठ में अटक जाना। मज़ारों में हर रंग के दर्द बाँधना। ख़्वाहिशों को गाय की सींगों में फँसा देना।

रेलवे स्टेशन निकल जाना। भिखारियों का भूखा पेट देखना। हिजड़ों को सूखा पेट दिखाना। उनके दुआओं वाले हाथ ज़बरन सिर पर रख लेना। सिक्के बराबर आँसू बन जाना। ग़रीब की कटोरी में छन्न से गिर जाना।

सुनार से एक अँगूठी बनवाना। उस पर मोती बराबर नींद की गोली जड़ देना। आधा गिलास पानी में फड़फड़ाना, छटपटाना और डूब जाना पर महबूब से एक लफ़्ज़ न कहना।

कंकड़ पीठ में चुभने देना। मिट्टी ओढ़ना, चुपचाप सो जाना।

२०

इक आदमकद मोमबत्ती लगातार जल रही है

तुम्हारी कमीज़ के टूटे बटन सीते हुए उँगलियों में सुई चुभ जाती है। हौले से ज़ख़्मी अँगुली जब मुँह में रखते हो, दर्द वो तीख़ा-तीख़ा सा, मद्धम पड़ता है।

याद है...
याद है, तुमसे मिलने को जब बेचैन हुई थी! मियाँ वक़्त ने कैसे रस्ता रोक लिया था? छीना-झपटी में मेरी चूड़ी टूट गयी थी। राह इश्क़ की हो या फिर दरगाह पीर की, हज पर जाते लोगों ने कब मौसम का रुख़ देखा है? राहें मेरी कड़ी धूप से धुली हुई हैं। बदन से छः फ़ीट एक इंच का साया गिरता है। सफ़र में तन्हा निकली हूँ, तुम साथ नहीं हो। अपने बदन के साये कोई पकड़ पाया है?

टूटे बटन तो मैं आ कर सी ही देती हूँ, टूटी चूड़ी कभी नहीं फिर जुड़ पाती है।

किसी सफ़र के राही तुम भी तो हो, हमदम! आँखों से बहती दुआ फ़रिश्ते भी सुनते हैं। राह उमर की लम्बी करने जुटे हुए हैं। देखो तो! उस लौ को, कब से सुलग रही है?

काली रातें कभी तुम्हारे आड़े न आयेंगी कि इक आदमकद मोमबत्ती लगातार जल रही है।

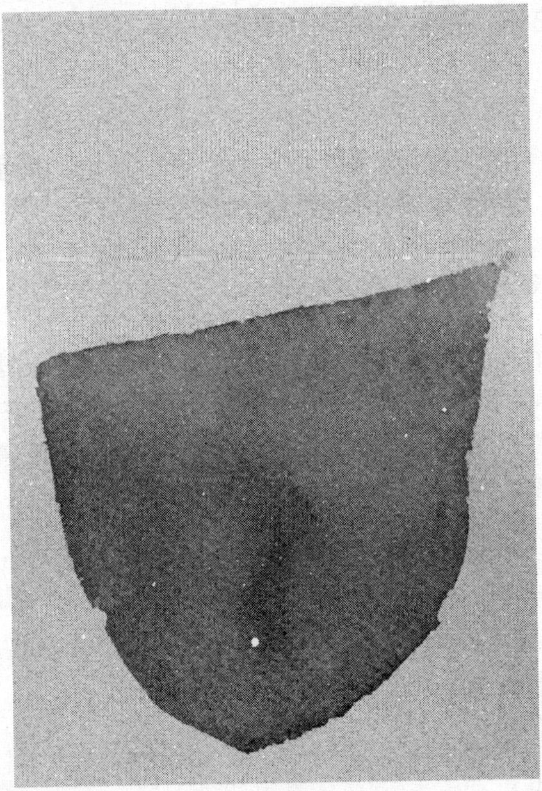

२१

अंग-अंग भीजे ऐसो रंग खेलो

वह एक ऊँची चट्टान पर बैठा था। उसके माथे पर एक आँख थी, जिसे देख कर लगता था जैसे किसी चित्रकार ने उकेरा हो और आँखों पर गिरी पलकें पारदर्शी थीं। उसके दायें हाथ में बाँसुरी थी और उसने एक लम्बा सफ़ेद किमोनो पहना हुआ था।

उसके पैरों के पास बैठी लड़की रोती ही जाती थी। वह आधी गौरवर्णा थी और आधी श्यामवर्णा। उसकी चोटी में एक मोरपंख खुँसा हुआ था और वह अपनी उँगली से फ़ारसी में कुछ लिखती जाती थी। बीच-बीच में वह ज़ोर से चीख़ती।

''क्या तूर पर्वत तक मेरी आवाज़ पहुँचती है? बेहोशी ही तो होश का पर्दा है पर तेरी बेहोशी तो पर्दे का उठना है! अब क्या तूर पर्वत और कौन सा मानसरोवर? अब सब एक ही बात हुई! तू लौट आ! लौट आ! क्या तूर तक मेरी आवाज़ पहुँचती है?''

यह कह कर वह फिर से फूट-फूट कर रोती और धरती की ओर सिर झुका लेती।

चट्टान पर बैठे आदमी ने उस के सिर पर हाथ रख दिया, ''मैं तुम्हारा विकल्प नहीं, तुम्हारे लिये अनिवार्य हूँ।''

लड़की ने पेंसिल की नोक तोड़ कर हवा में उछाल दी। वही पेंसिल, जिससे वो सही उत्तर ढूँढ़ कर उसके चारों ओर गोले बना रही थी। इधर

वृन्दावन में बाँसुरी की तान गूँज रही थी और सुदूर कैलाश से डमरू की डम-डम सुनायी पड़ रही थी। निज़ाम-ए-जहाँ गली-गली झूम रहे थे और धरती चिलम खींचे आग के धधकते गोले के चारों ओर घूम रही थी।

उधर आसमान में रंगों से सराबोर मोरपंखिनी, श्यामवर्णा और कमली वाले की गोरी गुनगुनाये जाते थे,

सजन घर आयो री
आओ री सखि सब मंगल गाओ
अंग-अंग भीजे ऐसो रंग खेलो
पिया संग खेलो सखि ऐसो रंग खेलो
सजन घर आयो री

अब के फागुन मुर्शिद ने सावन रंग में ख़ूब भिगोया। बरसात थम गयी है।
आसमान के माथे पर कोई सात रंगों का टीका लगा गया है।

रंग मुबारक!

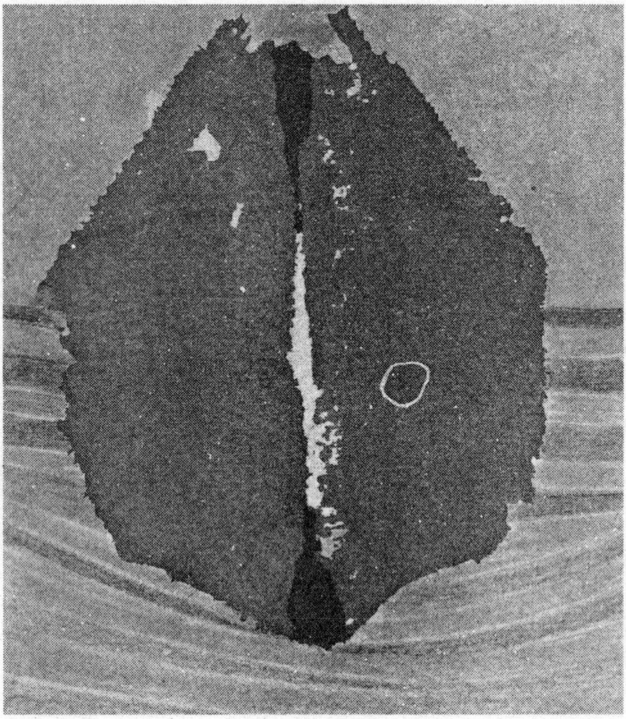

२२

राग जोग की तान पर पातियाँ जलाना

घुट-घुट कर रोना किसी सहमे तालाब में हौले से पाँव भिगो लेना है। फूट-फूट कर रोना किसी उजड्ड झरने के संग बह निकलना है। दीवारों से मिल कर रोना, ख़ाली कुएँ से भरी बाल्टी खींचना है।

एकान्त में रोना ईश्वर के पाँव पखारना है।

एकान्त कोई जगह नहीं है, जो भीड़ से ख़ाली हो। ये आत्मा की अमीरी है। आश्चर्य दीपक घिस कर तत्काल हिमालय में होने की कुव्वत है। एकान्त वो फूल है जिसकी महक भीनी और बौराने वाली होती है। प्रेम नाम का पुजारी जब प्रसाद बाँटता है तो कसैले-मीठे आँसुओं का पंचामृत भी तो देता है। जिसके दोने में वो पंचामृत भर जाय, वो भरे बाज़ार में अपने लिये गुफ़ा खोद ले।

तुम्हारी अंजुरी तो पंचामृत से भरी हुई है, प्रियतम!

और किसने देखा है, ऐसी कठोर दुपहरी ईश्वर को नंगे पाँव सड़कों पर घूमते हुए? फिर ऐसी ही किसी दोपहर को राग जोग सधता है।

बीती दोपहर अपनी लिखी सारी पातियाँ
तुम्हारे सिर पर से तीन बार न्यौछावर उतार कर
रख दिये उस आदमी की सारंगी पर
जो मेरी चौखट पर बैठा
एक दुआ गा रहा अब तक

एक मासूम धुन की अचेत हूक पर
आँसुओं की गड़गड़ाहट से भर जायेगी उस बजइये की झोली
द्वार-द्वार नगर-नगर सरहदों के आर-पार
कि पानियों सी बजती हैं तालियाँ कभी

दुआ कभी भी लबों से नहीं पढ़ी जाती

मेरे आँगन की तुलसी में बँधे हैं दिल के कितने ही रेशे
'राग जोग' की तान पर लहलहाते श्यामा के पत्ते
शुभकामनाओं का उद्घोष है

कभी किसी को गढ़नी न पड़े हँसी
न कभी ओढ़नी पढ़े
वो बस आये अनायास और ठहर जाय
कि जैसे आयी थी अचानक से ज़िन्दगी में
सुहाग की एक रात
और उसके बाद कभी सुबह ही न हुई
कि जैसे ठहर गयी सारंगी मेरी चौखट पर
और गाती रहेगी तान देकर उम्र भर

कि उसकी तारों में बाँधे हैं मैंने दिल के लहूलुहान रेशे
और मुस्कुराते रहोगे तुम उम्र भर

●

सहयोग किया जा सकता है, प्रयोग किया जा सकता है, यहाँ तक कि

उपयोग किया जा सकता है लेकिन योग? वह कैसे किया जा सकेगा?

मेरे बोध का योग किसी क्रिया की तरह दिनचर्या में शामिल होने से इन्कार करता है। सम्भव है कि योग घटता हो। इस लिहाज़ से योग का घटना एक गणितीय घटना होगी। ऋण और धन की गुइयाँबाज़ी। ध्यान के आँगन में घटने और बढ़ने की फुगड़ी का खेल। कभी तेज़ तो कभी धीमा। सम्भव है कि घण्टे-दो घण्टे में ही यह बात भी ख़ारिज हो जाय। गणित है तो ग़लती की गुंजाइश भी है। संगीत होता तो शायद अचूक होता।

शायद अचूक!

'शायद अचूक' के बीच विरोधाभास में कोई सुर है जो छूटता है, फिर पकड़ाई में आ जाता है। पकड़ जितनी कसती है, छूटने की छटपटाहट गहराती है। यह दिलचस्प खेल है। दोनों तरफ़ की टीमों में एक ही खिलाड़ी। जीतने और हारने वाला भी एक। रेफ़री भी वही। दर्शक भी वही। दृश्य-द्रष्टा-दृष्टि भी वही।

एक बार की बात है, जब स र ग म के पाँचवें सुर की फुनगी पर खिल गया था वह फूल, एक सुगन्धित क्षण, हवा में झंकृत गन्ध का विस्तार, क्षण की पुनरावृत्ति और श्वास के लय-ताल पर गणित का समर्पण। कितना कुछ था उस रात के बाग़ीचे में।

बस! 'मैं' नहीं थी।

२३

रक्स-ए-बिस्मिल

कोई-कोई कविता पूरी होने के बाद प्राण निचोड़ ले जाती है। यूँ लगता है कि इसके बाद कुछ लिखना न हो सकेगा। दिनों-दिन तक सुस्त पड़े रहने की चाह एक-एक रग तोड़ती है। बस! यही अन्तिम। अब सब ख़त्म! अब न हो सकेगा। रगों के टूटने की ध्वनि से ऋतुओं के अलसाये राग फूटते हैं। उस राग के साधक स्वयं को अपने श्वास से निर्वासित कर छोड़ते हैं।

फिर...

फिर कई दिनों बाद बारिश की एक नन्ही बूँद गाल पर पड़ती है और भीतर के सन्नाटों में आवाज़ गूँज उठती है, टप! उसी 'टप' से टपकने लगती है कविता लिखने वाली स्याही।

इसी तरह प्राण बार-बार छूटते और लौटते हैं। इस 'छूटने' और 'लौटने' के बीच सड़कें हैं, सड़क किनारे पेड़ खड़े हैं, पेड़ों पर परिन्दे बैठे हैं, परिन्दों के पर के नीचे आकाश छुपा है, आकाश में मेघ थिरकते हैं, मेघ की मुद्रा में एक टप! ज़ब्त है, उस टप के स्पर्श से कविता होती है, कविता में जीवन की आस रहती है, जीवन में मृत्यु का सत्य बहता है।

एक के आगे की सारी संख्याएँ एक पर वापस लौटा लाने की सड़क है।
जो लौटता है बार-बार एक की ओर, उस पर घटती हैं नृत्य की एक से अधिक भंगिमाएँ।

•

अच्छा हो कि दूर से ही देखो तुम मेरे श्वास का उत्सव
कविता के राग पर नृत्य करते मेरे स्वप्न और सत्य
कविता लिखते हुए मैं अन्तर्मुखी हूँ जबकि नृत्य करते हुए बहिर्मुखी

प्रेम-पीड़ा, क्रोध-कामना, स्त्री-बच्चे, देश-दुनिया, चाँद-तारे, बाग़-दरिया, धरती-आकाश सब कुछ मैं अपने भीतर के सबसे अँधेरे कोने में बैठ कर लिख जाती जबकि नृत्य करते हुए उन भीतरी अँधेरों को अपनी भंगिमाओं पर छिड़क देती श्वास के एक धीमे उछाल से

अनायास ही सब कुछ चमक उठता

कविता और नृत्य मेरे साँस लेने के ढंग हैं
श्वास का बाहर जाना और भीतर आना
भंगिमाएँ और शब्द अपनी आनी-जानी में एक दूसरे को पार करते हैं
इस आवागमन में कहीं क्षण भर को एक जगह छूटती है
उस छूटी हुई जगह में दीया बालने की कोशिश जीवन है मेरे लिये

यात्री!

तुम जिस जगमगाती हुई सराय को देख ठहरे थे वो मैं नहीं हूँ
जिस खण्डहर की ख़ाली साँय साँय से भयभीत हो तुम वो भी नहीं

इन दोनों के बीच है वो जगह छूटी हुई
जहाँ मिल जाऊँ मैं शायद

नृत्य में कविता लिखते कविता में नृत्य करते

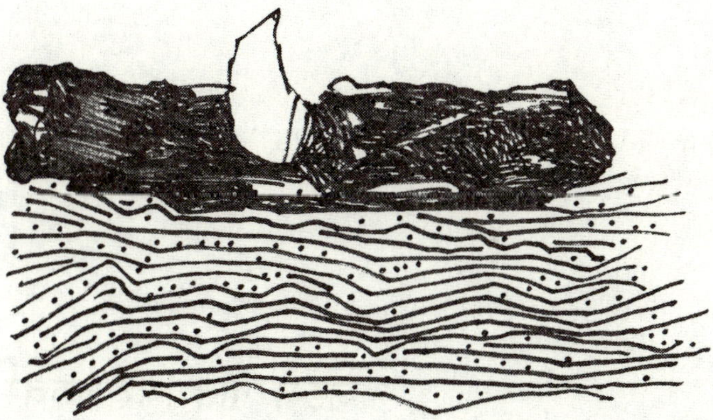

२४

जइसे पात गिरे तरुवर के

मृत्यु-पर्व

२४.१

मगर फिर भी

२०१५ के नेपाल भूकम्प के बाद।

कोई कहीं से आ रहा होगा, कोई कहीं को जा रहा होगा। कोई नून-तेल के जुगाड़ में खप रहा होगा तो कोई उम्र की चौपड़ पर अगली चाल की सोच रहा होगा। कोई प्रेम से भर रहा होगा तो कोई द्वेष में गल रहा होगा। कोई प्रेमिका को सन्देश भेज रहा होगा कि मैं आता हूँ ज़रा देर में। तो कोई कह रहा होगा अब न आऊँगा लौट के।

बच्चे खेल रहे होंगे कहीं, स्त्री जूड़ा बाँध रही होगी। ये सब होने के पहले गाने भी चल रहे होंगे कहीं रेडियो पर। पता नहीं, आज की शाम के लिये उनकी क्या योजनाएँ रही होंगी।

आदी, एक बार मैंने तुझसे कहा था कि हमें जीवन इसलिए मिला है ताकि हम मृत्यु का सामना करने की सही तैयारी कर सकें। मुझे नहीं लगता तुझे ये बात याद भी होगी जबकि मेरे हिसाब से ये बहुत ज़रूरी बात है। हालाँकि तुझे ये याद रहता है कि बचपन में मैंने अन्तर्देशीय की जगह रूमाल पोस्ट कर दिया था और अन्तर्देशीय को रूमाल समझ कर वापस घर ले आयी थी और ये भी कि मैं नहीं रोऊँगी तो माइग्रेन जकड़ेगा और रो दूँगी तो बी. पी. का निचला हिस्सा पकड़ेगा। तेरे हिसाब से तुझे मेरा ख़याल रखना सबसे ज़रूरी बात लगती है।

मेरा पक्का हिसाब तेरे कच्चे हिसाब के सामने बौना हो जाता है।

आदी, मैं कई दिन-रातों तक नर्मदा किनारे लगातार चलती रही, जबकि लोगों को घाट की सीढ़ियों पर बैठी मिलती थी। मुझे मालूम चल चुका था कि चाँद पहुँच कर ज़मीन क्यों न ख़रीद लें और वहाँ किसी तालाब में मछलियाँ ही क्यों न पाल लें पर आख़िर में मिट्टी की ओर लौट आना होता है। मैं कभी चाँद जैसे मकाम पर होऊँ तो मेरे चेहरे की रौनक मत देखना, देखना कि मेरे क़दमों के निशान हवाई सड़कों पर बने हैं या कि गीली मिट्टी पर।

मैं चाहती हूँ कि मेरी मृत्यु पर उस्ताद बिस्मिल्लाह ख़ाँ की शहनाई बजे या फिर नुसरती रंग में विदाई हो *तुम एक गोरख धंधा* के साथ। मुझे नहीं लगता कि तुम लोग मेरी बात संजीदगी से ले रहे हो या हो सकता है मान भी लो। कुछ कह नहीं सकते।

हालाँकि किसी भूकम्प या ट्रेन दुर्घटना के बाद मेरे चाहने वाले चाह कर भी मुझे ये लक्ज़री नहीं दे सकते।

पता है आदी, मृत्यु जैसी कोई व्यवस्था न होती तो मेरे भीतर क्षमा भाव नहीं हो सकता था। इस दैवीय बन्दोबस्त के चलते ही मैंने उन लोगों को सज़ा नहीं दी, जो मुझे दुःख पहुँचाते रहे।

आख़िर में तो सबको मर ही जाना होता है।

साधु-सन्त मृत्यु पर शोध करने जंगलों में भटका करते थे जबकि जीवन में एक सघन प्रेम ही मृत्यु के बहुत निकट ले जा छोड़ता है। आदी, कुछ लोग संसार में मर चुके थे पर वे भीतर रहते थे। कुछ लोग भीतर मर चुके थे, पर वे संसार में रहते थे। भीतर रहने वाले जीवित लोग उपलब्धियों से कम नहीं थे।

जानते हो, एक बार मैंने इच्छा की थी कि मुझे लेने मृत्यु इतवार के दिन आये। ताकि सब घर पर रहें। दोस्तों को दफ़्तर से छूटने के लिये पहाड़ न तोड़ने पड़ें। दिन भी मेरी तबियत के मुताबिक ही आलस करता हुआ उगे धीमे-धीमे। उस शै की आमद को मैंने इतनी तरहों से महसूसा है कि मेरी उम्र शनिवार की एक लम्बी रात में बदल गयी है।

हालाँकि मैं ये कहने के लिये बची रहना चाहती हूँ कि फ़लाँ तारीख़ को
मेरी मृत्यु हो गयी थी।
मगर फिर भी...

२४.२

राकेश उपरित! तुम जाओ यार! यहाँ सब ठीक है।

पूर्व-कथन

उस शाम प्रतिभा को फ़ोन पर बताया मैंने कि ''मेरे बचपन के दोस्त
की मृत्यु हो गयी आज ही सुबह
मेरे भीतर से कोई प्रतिक्रिया ही नहीं आ रही
जैसे कुछ हुआ ही न हो।
ठीक है?''

''सब ठीक है।'' वह बोली।

कथन

बहुत सँभल-सँभल कर दी गयी मुझे उसके जाने की ख़बर
उस वक़्त मैं अपनी ड्राइंग कॉपी में एक चिड़िया का चित्र बना रही थी
मुझे धीमे-से बताया गया, ''वह नहीं रहा।''
बहुत पहले मैं एक व्यक्ति से प्रेम करती थी
वह अब मेरे जीवन में नहीं रहा।
और यह लड़का,
जो मेरे बचपन का दोस्त ठहरा; वह अपने ही जीवन में नहीं रहा।

मेरी ड्राइंग कॉपी में मेरी चिड़िया है, मेरा सूरज, मेरे पहाड़, मेरी नदियाँ,
मेरे जंगल, मेरी किताबें, मेरी पृथ्वी, मेरा मंगल।
इनमें से कोई भी ऐसा नहीं कि किसी दिन कॉपी खोलूँ तो पाऊँ
कि वे न रहे।

मुझे उन चीज़ों के टिकाऊपन पर बहुत भरोसा है जिन्हें मैंने स्वयं बनाया
बजाय कि उन लोगों के जिन्हें पता नहीं कौन बनाता है।

मुझे बताया गया, ''वह नहीं रहा।''
बिना कुछ कहे मैं और जतन से बनाती रही ड्राइंग
फिर प्रतिभा से बात की
फिर कुछ और दोस्तों से भी।

उस रोज़ देर रात 'पद्मावत' देखने चली गयी
फ़िल्म के पहले पानीपूरी भी खायी।

मैं कभी नहीं खाती पानीपूरी; तालू छिल जाता है।

लेकिन उस दिन खायी।
प्रतिभा ने कहा था, "सब ठीक है।"

उत्तर-कथन

पेशावर के एक स्कूल में मारे गये थे बच्चे
कितना रो रही थी।
जब-तब डॉ. शैलेन्द्र सिंह राजपूत के सामने पायी जाती हूँ

बहुत कम दवा लिखते हैं डॉ. राजपूत,
कोई वजह न हो, तब भी उनके सामने रोया जा सकता है।
वजह हो तब तो और ही आराम से।
वो अजीब ही डाक्टर हैं; अधिक सवाल नहीं करते।
इलाज बहुत अधिक करते हैं।

मोनिका कुमार कहती हैं मुझसे,
"हम रोंदू तो नहीं हैं, पर हैं रोंदू लोग।"
मैं कहना भूल गयी मोनिका से
कि रोंदू लोगों को चिड़िया बनानी चाहिए ड्राइंग कॉपी में
ऐसा नहीं कि वह उड़ना नहीं जानती, पर उड़ेगी नहीं।

इधर कई दिनों से तबियत इ[illegible] है
कि ज़रूरत ही नहीं पड़ी डॉ. राजपूत के पास जाने का।
और अगर प्रतिभा ने कह दिया है कि "सब ठीक है"
तो फिर सब ठीक है।

हफ़्ता बीत चुका है।

अब भी कुछ क्लासमेट्स कह रहे हैं कि ''वह नहीं रहा''
जबकि मेरे सारे क्लासमेट्स को पता है
कि उससे झगड़ा हुआ था मेरा ग्यारहवीं में,
बड़ा प्रसिद्ध झगड़ा था हमारा; तब हमने साल भर बात नहीं की थी।

तो मुझे कोई ख़ास फ़र्क़ नहीं पड़ता अब कि जब कोई कहता है,
''वह नहीं रहा।''
पहले एक साल को बात बन्द हुई थी, अब हमेशा को बन्द हो गयी।
यह कोई बड़ी बात नहीं है।

फिर यह भी तो है कि मैं पानीपूरी खा रही हूँ इन दिनों
बिना तालू छिलने की शिकायत किये
चिड़िया बनाना मुझे आता ही है।

मैं अपनी ड्राइंग कॉपी में सबके चित्र बना लूँगी।
पापा का, मम्मी का, वी का, भैया का, प्रतिभा का, आदी का, किट्टू का, नन्दी का, झुम्मा का, मन्ना का, डमडम का। सबका...सबका...सबका चित्र बना लूँगी।

और फिर प्रतिभा ने कहा ही है कि,
''सब ठीक है।''

२४.३.

फिर एक दिन हम मर जाते हैं

चार्ली चैप्लिन का कहना है, ''थिंक लेस, फ़ील मोर।''

रूमी कहते हैं, ''सुनो उस आवाज़ को, जो मौन है।''
गुरजीयफ़ का कहना है, ''बकवास तब करो, जब सारी व्यर्थ बातों को पार कर जाओ।''
नानक कहते हैं, ''न कहो। न कहा जा सकेगा।''

फिर आदी, इन नये वक़्तों में एक नये क़िस्म का मशीनी मसीहा अवतरित हुआ जो घड़ी-घड़ी पूछता है, ''व्हाट्स ऑन योर माइंड। अपडेट योर स्टेटस।''

हम सुनते तो उसकी ही बात हैं जो हमारे मन के अनुकूल है। हम मन की सत्ता मानते हैं, मन से हारते हैं लेकिन चोरी-चोरी। हम बड़े अजीब लोग हैं जो पूरी उम्र को एक बड़ी चोरी में बदल डालते हैं। हम एक दिन पैदा होते हैं, मन से डरते-डरते बड़े होते हैं, छुप-छुप कर मन पर टिकते हैं, मन से टूटते हैं, बदले में मन को तोड़ते हैं।

हम अ-मन को नहीं पहचानते। सो, कोलाहल मचाते हैं। हम अमन के नगर से दूर मन और बेमन के चमन में हर दिन जॉगिंग करने जाते हैं।

फिर एक दिन हम मर जाते हैं।

२४.४.

फ़र्ज़ करो कि तुम यह जान चुके हो

कि कल
तुम्हारे जीवन का अन्तिम दिन है।

क्या करोगे दिन भर आज—
बीमा की आख़िरी किस्त चुकाओगे
या शराब पियोगे?

मन्दिर जाओगे
या तलत महमूद को सुनोगे—
ऐ दिल मुझे ऐसी जगह ले चल जहाँ कोई न हो

वक़ील को बुलाकर वसीयत लिखोगे
या उस लड़की को पत्र लिखोगे;
जिसके साथ तुमने छल किया था?

उस आदमी को ढूँढ़ोगे,
जिससे पिछले अपमान का बदला लेना बाक़ी है
या उस दोस्त का फ़ोन नम्बर तलाशोगे;
जिससे ताश के खेल में झगड़ने के बाद बरसों से बातचीत बन्द है?

कार को सर्विसिंग पर देने जाओगे,
या ड्राइवर को दोगे उसकी बेटी की शादी के लिये एडवांस?

बैठक की खिड़की का काँच तोड़ने वाले लड़के के कान उमेठने जाओगे
प्लेग्राउण्ड तक
या हफ़्ते भर से दराज में छुपा रखी गेंद उसे वापस करोगे?

सोच लिया कि क्या करोगे?
बस!
इतने के लिये ही मैं कहती हूँ कि मृत्यु,

दरअसल मृत्यु, जीवन की सबसे मानवीय घटना है।

२४.५.

इल्म ख़ूब है मगर इल्हाम नहीं है

हम अपने जिस्मों को
जो मान लें शाही कोई लिबास
तुम फाड़ देते चर्रर्र से ख़ुशफ़हमियाँ
हमारी चिन्दियों को आग लगा देते
मिट्टी में दबा देते हो

हर बात, हर इक मंज़र
हर गुल, हर एक ख़ंज़र
हर चीज़ का मतलब है
हर रोज़ हमें देते ताज़ातरीन मानी
लम्हात की दौलत को लम्हे में लुटा देते
पानी में बहा देते हो

तो चलो! मान लिया हमने
तोड़ा तिलिस्म तुमने
ये जिस्म भला क्या है
जुज़ रूह की जूती के?

ये नाम जो हमारे हैं, नाम नहीं हैं
इल्म ख़ूब है मगर इल्हाम नहीं है
सुल्तान बना दो कभी गुमनाम बना देते हो

फिर कहीं से भी यकबयक
आवाज़ लगा देते हो

ऊँची रियासतों में रहना भी इक हुनर है
किसी पहर बुला लो, कोई कहर ढहा दो
जूती उतार कर हम दौड़े चले आते हैं

तेरी रियासतों में रहने का ये तरीक़ा
हमने तो कब से सीखा
धरती पे भी रहने का होता है कुछ सलीका
तुम भी कभी सीखोगे, ओ आसमानी मालिक?

•

लम्बा चमकीला रैम्प है।

रूहें कैटवॉक कर रही हैं किसिम-किसिम के जिस्म पहने। कुछ के बड़े ख़ूबसूरत लिबास, कुछ के कम ख़ूबसूरत, कुछ के कटे-फटे औरों से अलग। सब तरह के खेल हैं। कहीं माल-फ़ंक्शनिंग है, तो कोई शो स्टॉपर। फिर इनमें से कोई मॉडल अदाएँ बिखेरती अचानक सीधी निकल जाती है रैम्प के आख़िर में किसी धुएँदार दरवाज़े से बाहर। वह लौटती नहीं। अभी तो ऑडियंस उस चाल पर फ़िदा हो ही रहे थे कि वह बाहर। लोग अवाक् से उस धुएँदार आख़िरी मंज़र को देखते रह जाते हैं।

मगर यह मंज़र कुछ ही देर को है। निगाहें फिर से घूमती हैं रैम्प के एंट्रेंस की ओर। फिर किसी और पर नज़र जमती है, फिर खेल शुरू

होता है। इतने में ऑडियंस में से कोई नामुराद चीख़ पड़ता है। उसे एकदम से अपने क़दमों के नीचे रैम्प दिख जाता है। फिर वह इर्द-गिर्द नज़र डालता है। पूरी दुनिया ही रैम्प पर चल रही है।

दरअसल, उस चीख़ से ही शुरू होता है इल्हाम की दुनिया का अलिफ़-बे और दुनिया के इल्हाम की इकनी एक-दूनी दो।

फिर वही हाल कि कोई दफ़्तर जाते हुए उस तिलिस्मी धुएँ में गुम जायेगा तो कोई नज़्म लिखते हुए। कोई सफ़र करते हुए, तो कोई खेलते हुए। कोई हँसते हुए तो कोई सोते हुए। कोई महबूबा की पेशानी पर बोसे धरते हुए तो कोई महबूब से ब्रेक-अप करते हुए। कोई नमाज़ अदा करते हुए तो कोई मयनोशी करते हुए। ठहरना नहीं है, चले जाना है।

पर तू इतना संजीदा न हो, आदी! इन वक़्तों में हर दिन एक मशीनी मसीहा के पास अपने ज़िन्दा रहने की रपट दर्ज करानी होती है। ग़म भी कोई चमकीली-सी चीज़ है शायद इस रैम्प की रौशनी-सी ही। आदी, ग़म इन वक़्तों में एक रोज़ का ग्लैमर है।

पर तू ये सब बातें ख़याल में न रख। तू पढ़ अपना अलिफ़ बे का क़ायदा। तू अपनी इकनी एक-दूनी दो जारी रख।

२५

पिया की रसपिरिया*

"रेणु अच्छे लेखक हैं, नहीं?"
उसने कहा

तब कि जब वो चाहता था कि मैं ताश के पत्तों की तरह हरहरा के गिर जाऊँ और फिर वो एक-एक पत्ते को जमा कर पिरामिड बना दे। तब कि जब वो डूबते हुए सूरज में ऊँगली डुबो कर नीले आसमान पर एक घर का चित्र बनाना चाहता था जिसकी बैठक की खिड़की पर बैठी हो ताम्बई पर वाली चिड़िया। तब कि जब वो गूगल से कह मेरी हँसी ट्रांसलेट करवाना चाहता था। तब कि जब मेरे भीतर का ज़हर बाँटने के लिये वो मेरे चाय के कप से एक घूँट पीना चाहता था। तब कि जब उलझे हुए क्लिप को सही कर के बालों में फँसाना चाहता था और ये भी चाहता था कि मेरे दुपट्टे पर बनी तितली का रंग उसके अँगूठे में छप जाय।

तब कि जब वो मुझे बताना चाहता था सुन्दरबन की हवाओं में उड़ती उस पतंग की कथा जिसकी चरखी योकोहोमा में घूमती थी। वो सुनाना चाहता था तीन लाइन की हाइकु जैसी मियागी का क़िस्सा जिसने महाकाव्य सा प्रेम किया। तब कि जब वो वाँग कार वाई की जादुई बारिश में एक छाते के नीचे मेरे साथ लम्बी वॉक पर जाना चाहता था।

तब कि जब वो लहरों पर चलना चाहता था, सड़कों पर बहना चाहता था। तब कि जब वो अपने सारे गुरूर को मेरे क़दमों पर रख कर चाँद

के चूरे से अपनी छाती भर लेना चाहता था।

मैंने कहा, "पता नहीं वो दवाइयाँ खा रहे हैं वक़्त पर या नहीं। शराब ज़्यादा न कर दी हो कहीं। कब से कोई ख़बर भी नहीं।"

तब कि जब वो मेरी भीगी आँखों को अपने अधरों से सोखना चाहता था।

उसने कहा,
"रेणु अच्छे लेखक हैं। नहीं?"

---

* फणीश्वरनाथ रेणु की प्रसिद्ध कथा 'रसप्रिया'

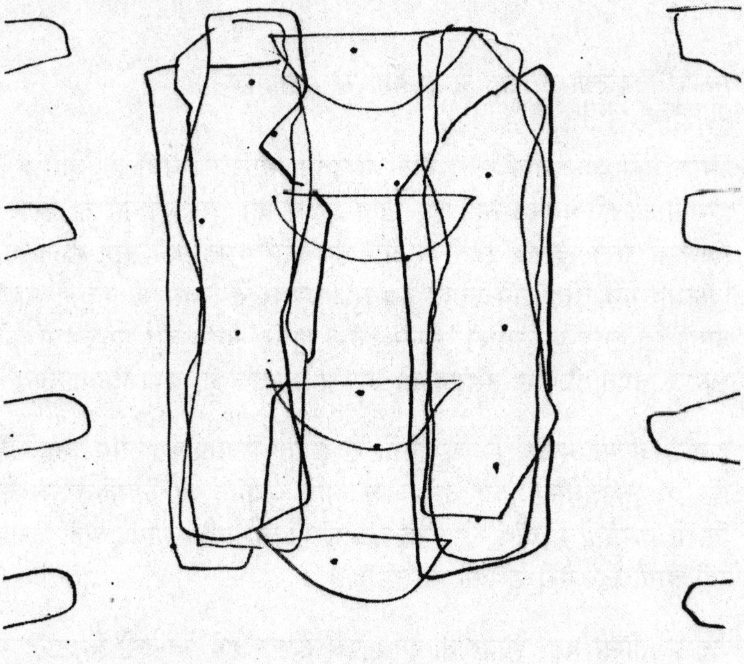

२६

हे हठयोगी! तुम ध्यान धरो, हम तो सन्तूर बजायेंगे

किसी दिवाली की रात या इलाही से मुख़ातिब

समझ नहीं आता कि लोग खेल में इतना सीरियस क्यों हो जाते हैं? इसकी कतई ज़रूरत नहीं है। खेल, खेल की तरह ही रहे तो ठीक। ज़िन्दगी खेल खेलती रहती है और हम लोग मूर्खों की तरह खेल को ज़िन्दगी की तरह लेने लगते हैं। मुझे ईश्वर के साथ खेलने में मज़ा आता है। हालाँकि उसका 'सेन्स ऑफ़ ह्यूमर' आम तौर पर लोगों को 'क्रूड' लगता है। पर उसका भी अपना अन्दाज़ है, क्या किया जाय?

हज़ारों-हज़ार वजहों से वो लोगों से छुपता फिरता है। लोग चाहते हैं कि वो 'काउंसलर' की तरह पेश आये जबकि वो *लास वेगास* के किसी *कसीनो* में दाँव लगा रहे जुआरियों जैसा है। शायद यही वजह रही होगी कि मेरी उसकी जमती है।

रात के तीसरे पहर ईश्वर के साथ पत्ते खेलते हुए ज़िन्दगी के खेल में हिस्सा लेने वाले कई मँजे हुए खिलाड़ी बरबस आँखों के सामने घूमने लगते हैं।

रात सरकते हुए दक्षिण की ओर बढ़ चली थी। ओस भरी दूब पर बेग़म और बादशाह बेपरवाह से लग रहे थे जबकि काले रोब में खड़ा ग़ुलाम अगला हुक्म सुनने की तैयारी में था। आख़िरी पत्ते फेंकते हुए सुबह की चमक मेरी आँखों में उतर आयी। अपने जोकर खोलते ही मैंने दोनों

हाथ हव्वा के सीने में दे मारे। हर बार की तरह ईश्वर फिर मुस्कुरा दिया।

"हुह!

आई हेट यू बॉस! यू आर जस्ट टू ब्लडी अडोरेबल!"

मैं तोहफ़े में मिली हुई जीत की मासूम चमक समेटे आँखें मूँद लेती हूँ और तथागत के सामने जा पहुँचती हूँ। मुझे खेलना है उनके साथ पत्ते और सारा संसार दाँव पर लगा देना है लेकिन ये क्या? मुझे बाहर ही रोक दिया जाता है। लड़ना चाहती हूँ उनसे। आवाज़ देती हूँ।

प्रभो!

तुम हमको धकियाओगे, तो हम उत्पात मचायेंगे
संसार अ-सार बताते हो, हम सत्य-सार बन जायेंगे
मठ बन्द रखो, भंते! सीधे हम हृदय द्वार खुलवायेंगे
ये आस-प्यास का खेल छोड़, हम ज़ोहरा को बुलवायेंगे
सलामे-इश्क़ मेरी जान तान पे एनलाइटेन हो जायेंगे
तुम जाग-सूत्र देते रहना, हम दरी बिछा सो जायेंगे
तुम जीवन व्यर्थ कहो और हम जीने का अर्थ बतायेंगे
नाम-रतन की बूटी चख, हम नाम तुम्हारा गायेंगे
माथे पे पसीना छलकेगा, हम ही रूमाल बढ़ायेंगे
तुम धम्मं शरणम् जाओगे, हम अप्प दीप हो जायेंगे
हे हठयोगी! तुम ध्यान धरो, हम तो सन्तूर बजायेंगे
और हम ही हैं यदि द्वार नरक का, दुनिया नरक बनायेंगे

लिये कुरकुरे नरक-द्वार पे, कुर्रम-कुर्रम खायेंगे
तुम जंगल-जंगल भटकोगे, हम ख़ुद जंगल हो जायेंगे
सौ-सौ ठोकर खा कर भी, हर चोट पे जी-जी जायेंगे

और सामने जब तुम आओगे, फिर वही कथा दोहरायेंगे
कि तू मसीहा मुहब्बत के मारों का है!

•

दरवाज़े पर हॉकर की दस्तक से नींद टूटती है। चाँद दूर निकल गया है इधर सूरज बालकनी तक चढ़ आया है। आँखों में फिर एक ज़िद्दी चमक उभरती है।

आज सूरज-चाँद-सितारे सब दाँव पर लगा दूँगी।

२७

प्रेम की दुर्गम सड़क पर एक ढीठ दोपहर और उस्तादों की छाँव *NH*-५७ पर

सूर्य एक निर्लज्ज देवता है और धरती उसकी उग्र प्रेमिका।

किसने कहा कि वसन्त प्रेम की ऋतु है और कौन है जो चन्द्रमा को शराब में घोल कर पीता है?

शायर की हर बात मानने की नहीं होती कि उसकी लफ़्फ़ाज़ी ही उसका बाँकपन है।

अरे! नादान दुनिया,

प्रेम की कोई कथा सुनना हो तो बैठो उस उजड्ड मगर निर्दोष धरती के पास, जो जेठ की गाढ़ी धूप भी यूँ धारण करती है मानो किसी नयी-नवेली दुल्हन ने अपनी देह पर हल्दी की परतों का लेप किया हो। प्रेम की कोई कथा पूछो उस क्रूर सूर्य से, जो धरती को भस्म कर देने की हद तक तपाता है।

प्रेम संक्रमण भी है, अतिक्रमण भी है और आक्रमण भी।

प्रेम करना उतना ही सरल है जितना कि एक रुपये की च्यूइंगम चबा कर बेस्वाद हो जाने पर उसे थूक देना और प्रेम सहना उतना ही कठिन जितना कि उम्र-भर माइग्रेन की गोलियाँ गटकने की सज़ा काटना।

और हाँ! ये याद रखना कि प्रेम की ऋतु जेठ के दिनों में आती है। मई

की किसी दोपहर पण्डित जी की बाँसुरी सुनी है?

•

इसी मृत्युधर्मा सड़क पर दिशा बताने और साथ निभाने अक्सर आते हैं एक और उस्ताद। ऐसी अकाट्य दोपहरों में अचानक उनकी सारंगी एक चमकती शमशीर में बदल जाती है और अपना हृदय किसी और देश का पराजित सेनापति। शेष देह किसी निढाल आलसी निखट्टू राजा के हाथ से छूटते हुए प्रदेश से ज़ियादः कुछ नहीं। वे तो सचमुच सारंगी के सुल्तान हैं। उनसे बस हारा जाय, उन्हें सुनते हुए रोया जाय, उनके सामने घुटनों पर गिरा जाय, उठा जाय, जिया जाय, मुस्कुराया जाय।

कभी-कभी जी करता है कि उनसे कहा जाय,

''उस्ताद!
अपनी सल्तनत में पनाह दें आप, बदले में ये बेमत़लब की याददाश्त गिरवी रख लें कुछ दिनों को।''

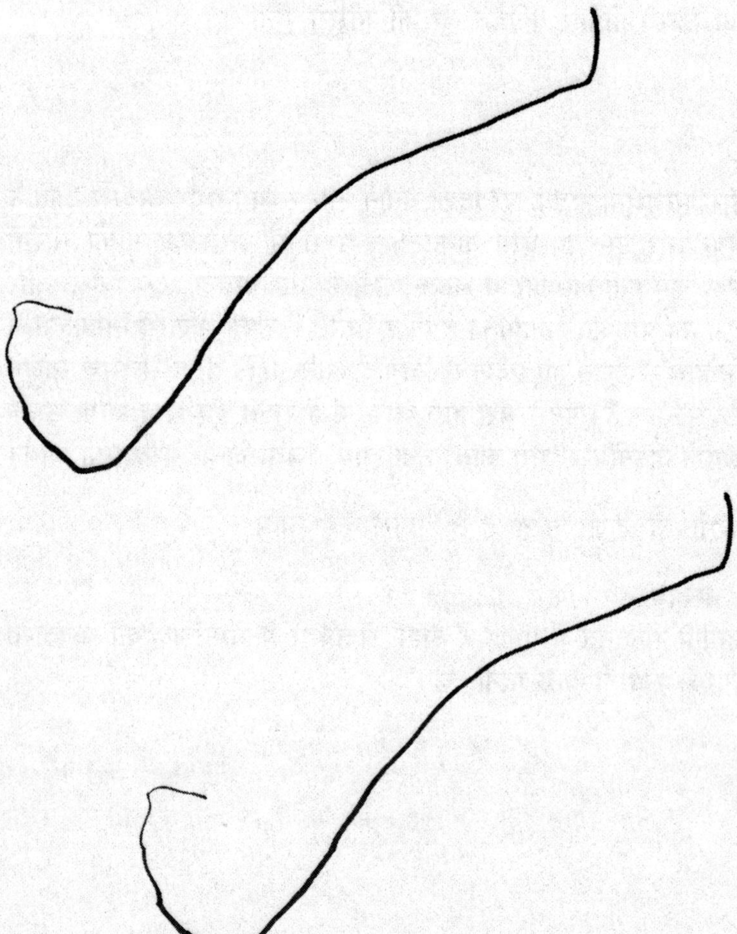

॥ २८ ॥

बरसात का नौतपा
जून–जुलाई–अगस्त में भीगी नौ चिट्ठियाँ

२८.१

दो जून की बूँदें

मेरे मन की गीली मिट्टी
और तेरी यादों की खुरपी
इस मौसम अपने खेतों में फिर से अच्छी फसल उगेगी

कैलेण्डर में जून का पन्ना आ गया और तुम्हारी कोई ख़बर नहीं। जाने कब मुझ पर बरसात मेहरबान होगी?

ये जो पुकार है न तुम्हारी हीर की, ये इत्र है इबादत का। फ़िज़ाओं में फैलता, साँस-साँस घुलता, सुबहें महकाता और शाम तक आसमान की नारंगी लौ में उड़ता हौले-हौले। फिर एक और पुकार। नहीं सुनते तुम।

होना तो यूँ चाहिए कि तुम अपने रकसैक में रखते दो जींस और आई-पॉड में पंचम की धुनें। और पकड़ लेते अपनी हीरिये के शहर जाने वाली कोई भी ट्रेन। पर नाते में मेरी सौतन जो लगती हैं तुम्हारे शहर की बारिशें, तुम्हारी राह छेकती टुपुर टुपुर बूँदें। रात के तीजे पहर कोई बेशरम याद बजाती है ख़्वाब की डोर-बेल, याद बे-रोकटोक चली आती। तुम नहीं आ सकते कि तुम्हारे शहर में बरसात है। मैं नहीं जागना चाहती कि मेरी नींदों में बरसात है।

बारिशों से बचना भी चाहते हो और भीगना भी। कब तक यूँ दहलीज़ पर खड़े रहोगे तुम?

हीर उम्मीदें नहीं पालती
वो पाल लेती है पलकों पर जून की दो बूँदें

दो बूँदें जैसे हीर को दो जून की रोटी
हीर रहती है बरसात के घरों में
उसके घर की छत नहीं सीलती
हीर बारिशों से नहीं बचती
वो बचाये रखती है हरापन तन की दराज में
हीर की आँखें तिजोरी हैं
वो गूँथ लेती है अपनी साँसों में सुमिरन के मोती

२८.२

उदास लड़कियों के क़िस्से

छज्जे पे बूँदों की चटक
ज्यों टूट कर बिखरे पड़े
चोटिल सितारे

छज्जे पे बूँदों की खनक
ज्यों चूड़ियों की छन से छूटे
छः नज़ारे

छज्जे पे बूँदों की धमक

ज्यों मेघ की हैं धमकियाँ
समझो इशारे

छज्जे पे बूँदों की ठुमक
ज्यों कामरूपा का बिहू
लोहित किनारे

आँखों में बूँदों का नमक
पर प्रीत का रखते हैं व्रत
प्रीतम पियारे

ओ रे मनवा! आज के बादल तो मानो मर्लिन का स्कर्ट हुए जा रहे हैं। उड़ते-गिरते, आसमान की झलकी दिखाते-छुपाते, इतराते-इठलाते। कोई बता तो दे ज़रा इन्तज़ार में बैठे तुलसी, गुलाब, बोगनवेलिया से कि दक्खिन-पूरब वाली परदेसन हवा की अदाओं से ये निर्मोही मौसम न रीझने वाला।

जब ज़रा देर और खिलखिलायेगी कोई उदास लड़की, तब जा के मानेंगे ये बल खाते बादल, तब जा के नाचेंगी बालकनी में बावरी बूँदें, तब जा के आयेगी रूखी रुत में रवानी।

मनवा, बारिशें बचाये रखने के लिये ज़रूरी है, रूमालों की गाँठ में सहेजे रखना हँसी का गीलापन। तुम भीगी रहा करो यूँ ही, बादल मेहरबान बने रहेंगे बाक़ी दुनिया पर। तुम्हें एक और उदास लड़की का क़िस्सा सुनाती हूँ। गुज़री बारिश उस लड़के ने लड़की से कहा,

"तुम्हारी आँखें पनीली हैं"
लड़की ने पूछा
"बरसात तुम्हारा पसन्दीदा मौसम है?"
इसके जवाब में लड़के ने सवाल दागा
"मेरे साथ जामुन खाओगी?"
लड़की की ज़ुबान ने जिरहबख़्तर पहन लिया,
"जामुन के दाग़ लग जायँ तो छूटते नहीं"

फिर लड़के ने आख़िरी कोशिश की
"ज़िन्दगी बहुत छोटी है"
"अच्छा? पर जामुन बड़े हैं"
लड़की ने कहा

यूँ ही बातों-बातों में
जाने कब लग गया लड़की की ओढ़नी पे जामुन का दाग़
और दहकता सूरज डूब गया
ढाई मीटर बदली की ओट में

क़िस्सा कोताह यह
कि फिर छोड़ दी लड़के ने
अपने चमकीले ख़्वाबों की क़श्ती
पानी वाली आँखों में

फिर आँखों का नदी होना फ़ितरत भर नहीं रह गया

कोई ख़्वाब बचाने की ज़िम्मेदारी भी थी

पर घाट पर ही बँधी रह गयी ख़्वाब की क़श्ती
कि जून नदी में उस बरस पानी कुछ कम था

२८.३

सूखे गुलाब और दाग़ जामुन के

तुम्हारी फ़ाइलों में जितने भी सूखे हुए गुलाब हैं न, मितवा?
वो सारे बरसात की इस रुत के इतवार हैं मेरे

खटमिट्ठी रात पर
ढुरक कर चन्द्रमा का नमक
चखेंगे आकाश रसीला
हम
बादलों के सिलेटी बाग़ में
उगल कर गुठली
जब-तब सफ़ेद दिन उगा देंगे
खिड़की फाँद कर दाख़िल होंगे
तुम्हारी नींदों में ता-उम्र
और
तुम्हारी सपनीली पवित्रता में
जामुन का दाग़ लगा देंगे

२८.४

सावन का पहला सोमवार

कच्चा कोयला आसमान पर
धुआँ-धुआँ सा सुलग रहा है
किस बिरहिन का प्रेम जला है
जोगी किस को तरस रहा है
सोमवार, पहला सावन का
भीगा-ठिठुरा झुलस रहा है

निर्मम पानी बरस रहा है

२८.५

बरसात की साहूकारी और नीलामी मोती की

इश्क़ नाम के जौहरी के यहाँ अपनी दिन-दुपहरी गिरवी रख के कैसे भी तो चार बूँद पनीले मोती जोड़ो और वो भी पहली-दूजी बरसात में ही नीलाम हो जायँ, तो कैसा लगता है न! कि जैसे सब लुट गया हो!

कौड़ी-कौड़ी का हिसाब रखने वाले साहूकार की तरह आये कारे बदरा, पल भर में कंगाल कर गये।

जाने अब क्या होगा, मनवा? इस मौसम के ख़र्चे कौन उठायेगा?

इक रात निचोड़ी है
इक ख़्वाब टपकता है

इक उम्र वहाँ
देहरी पर सीली पड़ी है
इक उम्र को निचोड़ो
इक रात झरेगी
इक गीला ख़्वाब
बिस्तर पर औंधे पड़ा है
धूप के इक टुकड़े में
ख़्वाब को लपेटे
इन बेरहम रातों में
कौन जागता है?

इक जुगनू के जिस्म में
इक ख़्वाब जल रहा है

बरसात का महीना
कुछ यूँ पिघल रहा है

२८.६

हेन्सप्रूव्ड

तुम्हारी स्कूल टाइम लवर बनना है मुझे। जब तुम 10th में थे, 7th में रहना है मुझे। तुम्हारी क्लास के आगे से बेवजह गुज़रना है मुझे। तुम देखो तो कम-अज़-कम एक बार, असेम्बली ड्यूटी करना है मुझे। तुम्हारे

'हाउस' में रहना है मुझे, 'एनुअल डे' में तुम्हारे साथ स्टेज पर उतरना है मुझे। चाहे तुम बनो प्ले में राणा साँगा, जिस पेड़ पर घोड़ा बाँध के सुस्ताओ तुम, पत्ते-वत्ते पहने वो पेड़ बनना है मुझे। अपनी क्लासमेट को नोटबुक दोगे तो केमिस्ट्री लैब में उसका रिबन खींचना है मुझे। 'स्पोर्ट्स डे' में तुम रेस करो तो हिप हिप हुर्रे करना है मुझे।

१४ फ़रवरी को तुम्हारी क्लास में एक कार्ड रखना है मुझे।

जो इतने के बाद भी तुम्हें मालूम न हो मेरा नाम तक, तो इस नाम को दुनिया भर में कमा के क्या करना है मुझे? बोलो?

और तिस पर दिन में दसियों बार नाज़िया पूछती है नाम तुम्हारा, तो कह रखा है उसे मैंने कि,
वो दुनिया है
उसका नाम अब्र है

कंजूस अब्र बूँद-बूँद बरसता है
बूँद-सिक्के समन्दरों की जेबों में भरते हैं
समन्दर नदियों के इन्तज़ार में बस स्टॉप पर बैठे हैं
नदियाँ धीमा श्वास हैं सभ्यताओं का
सभ्यताएँ बीती रात का इतिहास हैं
बीती रात के इतिहास में राँझा है
राँझा हीर का अगला नाम है
हीर तो कोई बावली है
बावली ये दुनिया है

इस तरह वो दुनिया है
उसका नाम अब्र है

हेन्सप्रूव्ड।

२८.७

तुम माया तो नहीं पर शुक्रिया कहना शफ़्फ़ाक़ कुर्ते-पायजामे वाले बाबा को

वसन्त की उस बौराई साँझ लड़के ने जब पहली बार उसे देखा, तुम्हारी नज़्म के पर्दे के पीछे जा छुपी थी लड़की, गीतों के रेशमी आँगन में गिप्पी खेलती लड़की, ज़रा गुस्ताख़ सी लड़की, रात जब हिज्र की आयी, चाँद को तोड़ती फिर जोड़ती, याद चखती रही लड़की।

फिर लड़का अपने देस लौट गया। लड़के अमूमन अपने देस लौट जाते हैं।

सफ़ेद कुर्ते-पायजामे वाले बाबा! तुम न होते तो जुलाई की सूखी रातों में किसकी आस्तीन में नाक पोंछती लड़की? *इजाज़त* की वो छतरी याद में बनी रहती है। वो चवन्नी भी, जिसका बँटवारा न हो सका था। माया की एक सौ सोलह चाँद की रातें, महेंदर के काँधे का तिल, गीली मेहँदी में लिपटे झूठमूठ के वादे जब-तब महकने लगते हैं लेकिन नहीं...

नहीं! तुम *माया* तो नहीं!
उसके कान का बुंदा हो तुम तो, बाबुषा
जो महेंदर की शर्ट से लिपट पड़ा है

कहते हुए निकल गया सड़कों का मसीहा

रातें जो रात सी नहीं, सुफ़ेद सी हैं

ये धुन्ध है, कुछ और नहीं, सिगरेट की है
कहता है फेफड़ों में नहीं भर सका तुम्हें
जलती हो कोयले वाली कच्ची आग हो जैसे
सो यूँ किया कि साँसों से बाहर किया तुम्हें
जो धुन्ध पड़ी, क्या गुनह है, बाबुषा?

हाँ!
ठीक कहते हो...
धूप चढ़ते ही तो बह जायेगा ये नाम मेरा
कार के शीशे पे लिक्खा हुआ यूँ 'बाबुषा'
जाओ जानाँ! कि मैं ढूँढू ज़रा अलमारी में
गुमी क़मीज़ जिस पे उलझा है इक बुंदा
सुनो! क़सम है तुम्हें मेरी, यूँ सरे-महफ़िल
तड़प के अब न कभी कहना फिर, बाबुषा!

२८.८

तुम्हें आँखों ने ठाना यों कि जैसे बादलों ने ज़िद

ख़्वाब के मुल्क पर
कब्ज़ा किया तुमने
वहाँ गढ़ एक था
गाढ़ी उदासी का
दरक कर ढह चला जो
फँसा इक आख़िरी तिनका

जो कोरों में
मुसलसल बारिशों में
बह चला वो

तुम्हें आँखों ने ठाना यों
कि जैसे बादलों ने ज़िद
मैं बेबस! रात भर जागी
नींद फिर हार कर भागी

तुम्हीं जीते हो, हमदम!

तुम्हारे सिर पे
रिमझिम मोतियों का ताज है जो

प्यार में टूट कर भीगा हुआ इतवार है

२८.९

चोट खाये मेघ हो जाते हैं थोड़ा और उदार

इस दुनिया में हर ओर इतनी महानता है, इतनी सुन्दरता है, इतने सरोकार हैं, इतने आन्दोलन हैं, इतनी कविता है, इतनी धुनें हैं, इतना बाज़ार है, इतनी चकाचौंध है, इतनी बारिश है, इतने देवी-देवता हैं कि अपनी बेहद मामूली ज़रूरतों पर अपराध बोध-सा होने लगता है कभी-कभी।

इतना मूसलाधार जीवन आतंकित कर देता है मुझे। किससे कहें, कौन समझेगा कि

आल्हा अपना टूटा-फूटा
कच्ची कजरी वजरी है
छत पर सूरज ठहर गया
और धूप की टाँगें गठरी हैं
सूखी सी ये सड़कें वड़कें,
रूखा-सूखा सा मन है
काग़ज़ के सावन वावन
सब झूठ-मूठ की बदरी है

कितनी सूखी है ये कैलेण्डर वाली जुलाई। आँखें हुई जाती है जुलाई के दो पखवाड़े कि मौसम बदनाम न हो जाएँ। तुम भी कभी यूँ भीगते हो, प्रिय?

नर्म बादल की
त्वचा पर
अपने पैने
नख चुभा कर
ठेल देते हो परे

और
इक घुन्नी जलन में
झुलसते हो लगातार

मगर प्यारे!
चोट खाये मेघ
हो जाते हैं थोड़ा
और उदार

लौट आते हैं
तुम्हीं पर
बरसने को ज़ार ज़ार

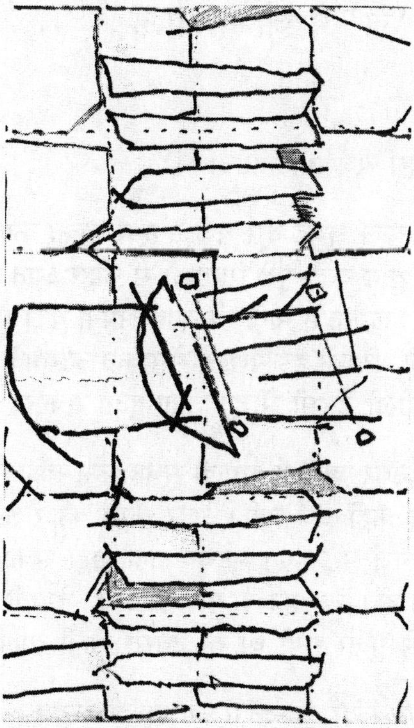

२९

इन्तज़ार के 'ज' में जो नुक़्ता है

"कल सुबह दस बजे आऊँगा अब।"

अभी से लेकर कल सुबह दस बजे तक के वक़्त का बीहड़ कैसे पार करूँगी? बिना कुछ कहे-पूछे खिड़की से बाहर आते लोगों को देखने में लग जाती हूँ। लगता है मानो हर कोई अपनी घड़ी में एक वादा बाँधे तेज़ भाग रहा हो। खिंची हुई पेशानी में सुकून उतरता है, ठहरता है, फिर चल देता है। पीली टैक्सी में दूर ज़ाता हुआ सुकून।

डूबती साँझ तो उबर जाती है अगली सुबह, उस साँझ में डूबी साँसों का हिसाब-किताब कहीं दर्ज नहीं। नाइट लैम्प की रौशनी में फ़ैज़ और ट्राइका आजू-बाजू पड़े हुए। महबूब नहीं छुड़ा सका ट्राइका, महबूब शायर ने छुड़वा दी। खिड़की के पास जाती हूँ, देखती हूँ भर नज़र उस राह को जहाँ से गुज़र गयी थी वो टैक्सी पीली वाली।

सबा ने फिर दरे ज़िन्दाँ पे आ के दी दस्तक
सहर क़रीब है दिल से कहो न घबराये

रात के बारह बजते हैं। तारीख़ बदलती है। फिर एक बजते हैं, फिर दो तीन चार और पाँच, फिर छः सात और आठ और नौ भी। फिर काँटा दस तक भी चला जाता है। दस मगर, नहीं बजता। नौ के बाद सीधे ग्यारह, दस जाने कहाँ नौ-दो ग्यारह? फिर बारह। घड़ी चलती जाती, बदलती जाती तारीख़ें मगर दस नहीं बजता तो नहीं ही बजता।

कौन आवाज़ देता है कि सहर क़रीब है दिल से कहो न घबराये। मगर नहीं बजता दस।

•

फिर एकाएक 'बेड अ-रेस्ट' के दिन और हक़ीम फ़ैज़ का लौट आना। और लौट आना उसका जो दस बजे आने का वादा कर गया था। मैं उसके सामने खड़ी थी और वो मुझे ढूँढ़ रहा था। वो तलाश रहा था मुझे कभी उमस भरे उस रेलवे स्टेशन में या फिर मेरे शहर की गीली सड़कों पर। कभी तो उन अनन्त रातों के लम्बे दालानों में भटकते हुए, जिन में मेरी जाग शामिल है या डायरी के उन हर्फ़ों में, जिन में नींद सोती है मेरी।

तारीख़ फिर बदलती है। अधखुले फ़ैज़ पन्नों में फड़फड़ाते हैं।

कर रहा था ग़मे जहाँ का हिसाब
आज तुम याद बेहिसाब आये

वो ढूँढ़ रहा था मुझे ज़माने भर की भीड़ में, मैं ठहरी हुई थी घड़ी के दस बजे पर।

•

तुमने देखा नहीं
किसी ग़ाफ़िल शरीर लड़की को
सब्र की इबारत बनते
इसलिए!

इसलिए
तुम आना एक दिन
बारह घण्टे की देरी से चल रही
सम्पर्क क्रान्ति एक्सप्रेस बन के

तुम सुनना ग़ौर से
अनाउंसर की आवाज़
जिसने देखा औरत को वेटिंग रूम में बदलते

जिस चौराहे की भीड़ में तुम गुम गये थे
वहाँ का सिग्नल अब तलक रेड हुआ पड़ा है
उसी चौराहे पर ख़रीदा है मैंने
मोगरे का गजरा

एक सैलानी बता रहा था अपनी महबूबा को फ़ोन पर
कैसा गमकता हुआ वेटिंग हॉल है
इस शहर का
जैसे मोगरे का बाग़ हो

तुम गिनना
उम्र के साल और चौंकना
कि कुछ औरतें कभी बूढ़ी क्यों नहीं होतीं
दरअसल
वे अपनी तमाम ख़्वाहिशें हवा में यूँ उड़ाती हैं
जैसे काग़ज़ का हवाई जहाज़ उड़ाते हैं बच्चे

तुम देखना

कुछ औरतें कभी बूढ़ी क्यों नहीं होतीं
और सीखना
बचपने की क्लास में बुज़ुर्ग होने का हुनर

तुम परखना
इन्तज़ार के ज में जो नुक़्ता है
औरत के माथे की बिन्दी है

तुम पढ़ना
चौराहे, वेटिंग हॉल और नदी के घाटों पर चिपके इश्तेहार
इन सस्ते पर्चों को कोई भूल से कविता कह बैठे
तो उसे माफ़ कर देना

मगर तुम आना
यह देखने कि इस शहर के घण्टाघर की घड़ी में क्या बजा है

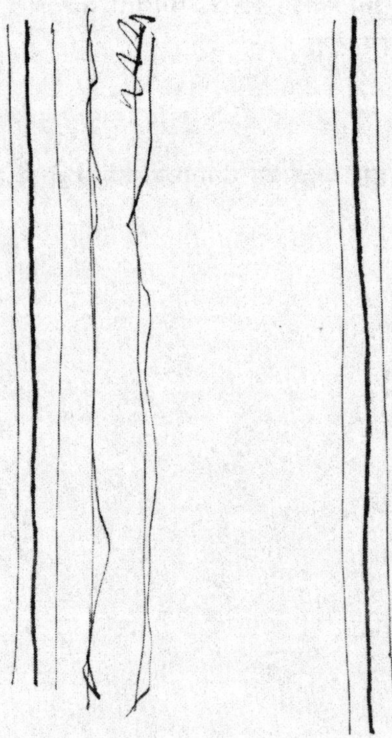

३०

सूरजमुखी

माना कि तुम्हारी हथेली में पच्छिम नहीं है। एक लक़ीर अमावस की क्यूँ हरदम चलती रहती है
एक काम करोगी आज?

गहरे गले का ब्लाउज़ वो नीला वाला पहनो। जिस पर पीठ तुम्हारी आधे चाँद सी झिलमिल करती है। लम्बा-सा स्कर्ट वो पीला रेशम-रेशम, जिसकी हद पे सरसों की बाली फूला करती है। हरे रंग के कंगन पहनो। फ़ोन पे उनकी खन-खन भेजो। कानों में वो आगरा वाले लटकन पहनो। शाहजहाँ की बेतरतीब सी धड़कन पहनो। माँग पे गीली शबनम पहनो। कमर में सारे मौसम पहनो।

कच्चा कोयला सीने में फिर से सुलगाओ। धुआँ-धुआँ काजल से तुम बादल बन जाओ। सिर के ऊपर कड़ी धूप है। मेरे शहर में बड़ी धूप है। हँसी की बूँदें छम-छम भेजो। इन्द्रधनुष और सरगम भेजो। जैसे लापरवाही से तुम बाल झटकती हो, हौले से बस! वैसे ही वो बात झटक दो।

ब्लाउज़ के नीचे काँच रंग की जो डोरी है, ज़रा-सा नीचे सरकाओ? चटक-मटक रंगों में तुम नाख़ून डुबाओ। बायीं तरफ़ हँसली पर जानाँ, हँसते सूरजमुखी उगाओ।

जिस्म-जान सब रौशन-रौशन कर जायेगा। काँधे पे डूब के सूरज आज ही मर जायेगा।

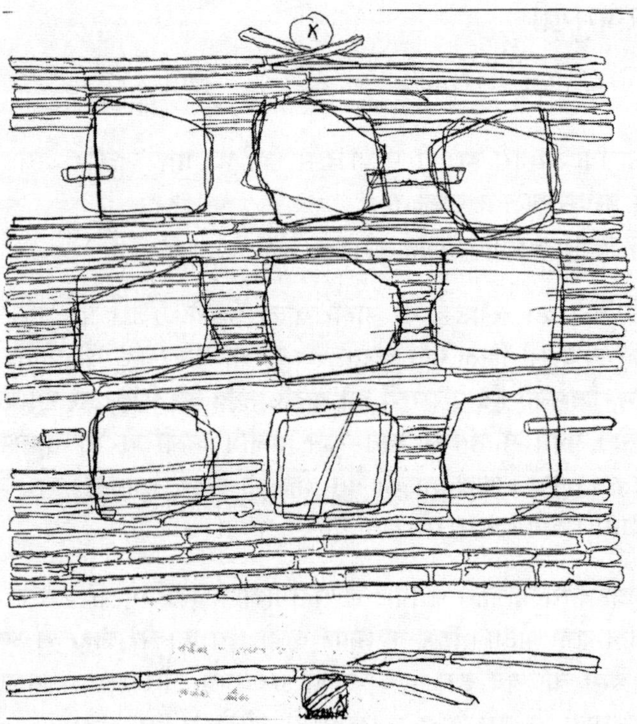

३१

सुना है रब्त है उनको ख़राब हालों से

हॉस्पिटल डायरी

३१.१

८०/६० की ताल पर तितली का नाच

रैनबैक्सी पैथोलॉजी सेंटर

वहाँ इतनी मायूसी और खदबदाहट भरी ख़ामोशी थी कि कब्रगाह भी उस जगह से बेहतर ही होती होगी। शीशियाँ, गोलियाँ, सैंपल्स, तरह-तरह के नये-नये औज़ार और लम्बे चेहरे वाले उदास लोग वहाँ की ज़रूरी चीज़ें थे। ज़िन्दगी का दूर-दूर तक कोई नामोनिशान नहीं दिख रहा था।

रीढ़ पर सीढ़ियाँ लगा कर डर सिर तक चढ़ता गया। स्टेप-दर-स्टेप। इन लोगों से हमेशा ही डर लगा है जो रग़ों में दौड़ती बेचैनी को सिरींज में भर कर कुछ जाँचना चाहते हैं।

उदास कर देने वाला माहौल था कि अचानक लगा जैसे रौशनदान से आती धूप के पंख फड़फड़ा रहे हों और वह उड़ कर अन्दर फ़र्श पर झर रही हो। पंखों वाली धूप दरअसल एक पीली तितली थी जो उजास के घोड़े पर सवार हो उस मुर्दाघर में दाख़िल हो गयी थी। धीरे-धीरे वह छोटी तितली पूरे कमरे में भर गयी। उस जगह का सन्नाटा गलने लगा। कभी दरवाज़े के गुटखों पर फुदकती तो कभी पर्दों के आगे-पीछे लुका-छिपी करती हुई वह एक जांबाज़ सिपाही लग रही थी जो वहाँ की हवा के भारीपन को अपनी तलवार से काट देने पर

आमादा हो।

मैं देर तक तितली की जीत का नाच देखती रही। मुस्कराहट ख़ुद-ब ख़ुद आकर होंठों के किनारों पर झूल गयी।

आज बहरमन* याद आया।

यूँ लगा मानो बहरमन का बनाया हुआ मास्टरपीस, वो आख़िरी पत्ता, अब उड़-उड़ कर मौत के मोहल्ले में ज़िन्दगी की ख़बर देता हो।

---

* ओ हेनरी की कथा 'द लास्ट लीफ़' का पेंटर।

३१.२.

मैं अपनी हर तस्वीर में ऐसे दिखना चाहती हूँ कि जैसे वही मेरी आख़िरी तस्वीर हो

ऑपरेशन थियेटर में प्रेम

कुहनी की ठेल से सुबह दूर खिसक गयी है। पीठ पर बरसने वाली पीली धूप नक़ली है। यहाँ रौशनी बहुत तेज़ है, मगर उम्मीद तेज़ नहीं। टेबल के चारों ओर जीवन की खटर-पटर है। टेबल पर जीवन को अचेत किये जाने की पुरज़ोर कोशिश जारी है।

मगर अफ़सोस डाक्टर!

कितना अच्छा होता कि जीवन को भी रचा जा सकता। जीवन का रचना, कालिदास के मेघदूत की तरह नहीं, बल्कि सिल पर पिसी मेहँदी की तरह। काश! कि नीली नींद की कथा को आँखों में यूँ रच सकते जैसे होठों पर कलकतिया पान रच जाता है। जीवन कितने घनघोर ढंग से मुझ पर बरसता अगर उस सख़्त बोसे के ऐन बाद महबूब ने यादें सुन्न न कर दी होतीं।

काश! कि वो ज़ख़्म मेरे अधरों पर इतिहास रच जाता।

मेरी नज़रें रौशनदान ढूँढ़ रही हैं मगर औज़ारों से टकराकर लौट आती हैं। दर्द दीवारों पर सिर मारता है, फ़र्श पर बिखर-बिखर जाता है। डाक्टर को फ़र्श पर सँभल कर चलने की सलाह देनी है। आवाज़ गले के निचले तल्ले में फँसी हुई है।

घाव पर पट्टियाँ बाँधने के पहले चीख़ पर एक कमरा बाँध दिया है।

बाहर साॅवन की पहली बरसात है, भीतर यादें बरसने लगती हैं। जीवन सिनेमा की तरह आँखों में जीवन्त हो उठता है। मैं अपनी हर तस्वीर में ऐसे दिखना चाहती हूँ कि जैसे वही मेरी आख़िरी तस्वीर हो। एक 'क्लिक' में जीवन नहीं क़ैद होता। कोई याद किसी 'क्लिक' की तरह ज़ेहन में ठहर जाती है। देह का मरना सबसे आसान क़िस्म का मरना है। कोई आवाज़ उठने और गिरने के बीच मर-मर जाना सबसे मुश्किल मौत होती है। पहली मौत की याद छत से टपकती है।

वो ग़ालिब का जंगल था जब बरसों पहले एक शे'र ने शिकार कर लिया था।

मौत का एक दिन मुअय्यन है
नींद क्यूँ रात भर नहीं आती।

यहाँ मुझे हरी चादर से ढँक रखा है। झाँक कर चारों ओर नज़र दौड़ाती हूँ। किनारियों पर दुआएँ झूलती मिली हैं। याद आता है कि दरगाहों पर बँधी मनौतियाँ अधूरी रह गयीं। मज़ारों पर लेटे औलिया बेहोश पड़े हैं। मेरे रँगरेज़ को जब-जब हरा रंग कम पड़ता है, वो मेरी नसों से खींच ले जाता है।

उसकी हर ख़्वाहिश पूरी होती है। एनेस्थीसिया मुझ पर असर नहीं करता।

मेरी नाक पर भी मास्क बँधा हुआ है। भीतर की बू को मैं वॉश बेसिन पर उलट चुकी हूँ। अगरबत्तियाँ आख़िरी धड़कन तक सुलगती हैं, फिर राख हो गयी हैं। माथे पर भभूत मलने के पहले अगरबत्तियों को पहचानना ज़रूरी नहीं होता।

ज़िन्दगी में ख़ुशबुओं का एहसास ज़रूरी बात है।

बारिश में भीगने को जी करता है। फ़ॉरबिडन ड्रीम्स की बीट्स पर एक और बार ऐसे थिरकना है जैसे वो जीवन का अन्तिम नाच हो। मैं पीली रौशनी के नीचे हरी चादर में लिपटी पड़ी हूँ।

स्थिर।

आँखें हरकतें करती हैं। मन तरह-तरह की मुद्राएँ बनाता है। पता है, कोई टाँका टूट भी जाये तो इतना नहीं दुखेगा।

टूटी क़समें दुखती हैं।

३१.३

परमात्मा का स्वाद अदरक जैसा है

पीठ की गाँठ के ऑपरेशन के बाद

जाने कौन सी बात है जो पीठ पर लद गयी है।

हृदय और मस्तिष्क पर भी क्या-क्या जमे, कितना जमे? देह, एक छोटी सी पृथ्वी ही तो है, सृजन, क्षति और विनाश की सम्भावनाओं से गदबद। जाने कौन सा पोखर पक गया, कहाँ की धरती छिली, कौन सा बाँध कच्चा निकला, कौन सी नदी रिस गयी। जाने क्या हुआ?

दु:ख हमेशा हाथों की पहुँच के बाहर होते हैं। नहीं तो उनकी काया न बदल दी जाती? प्लूटो से भी दूर बसा कोई शहर, जहाँ के पान के तेज़ चूने से होंठ कट जाते हैं। शारजाह स्टेडियम पर जवागल श्रीनाथ के किसी बंजर ओवर की धुँधली याद, जो खिड़की में जमी भाप मिटा देने पर साफ़ हो जाती है। मिकी माउस वाली वाटर बॉटल, टिफ़िन बॉक्स, नन्ही-नन्ही ट्यूनिक, जुराबें, जूते वग़ैरह-वग़ैरह...

दु:ख अपनी गति से रेंगता है, ठहरता है, फिर फूटता है।

लगता है कभी-कभी कि जाने कितनी चीख़ों को अनसुना किया होगा। कितनी छटपटाहटें, जो ऐन बाजू से सरसरा के पार हो गयी होंगी। कितने अनिवार्य प्रश्नों से मुँह मोड़े मूर्तिवत् खड़ी रह गयी होऊँगी। जाने किसकी कातर पुकार पीठ पर गड़ गयी है?

और देखो तो! पीठ तक हाथ भी नहीं जाते।

फिर सुख मेरे...

ये जो सुख होते हैं न, उँगलियों के इशारों पर नाचते हैं।

सच! सारे सुख उल्टे हाथ की मुट्ठी में बन्द हैं। एक बालकनी, जहाँ एक टेलिस्कोप के लेंस से आँखें बाँध कर चाँद-तारों से यारियाँ निभायी जाती हैं। पिंजरे जैसे क्लासरूम्स, जहाँ की सलाखें तोड़ी हैं और एक-एक पंछी की उड़ान को आकाश छूते देखा है। क़िले जैसा एक साथ, जिसकी ऊँची-ऊँची दीवारें चारों ओर से सुरक्षा करती हैं। हाँ! वही माली, जो ऐसे सहेजता है जैसे हथेली पर कोई फूल रख लेता हो।

पहिये और रागों की अखण्ड जुगलबन्दी के बीच बादलों के कुछ टुकड़े कुर्ते की जेब में सहेज लेती हूँ। ढलते सूरज का पीछा करना अच्छा लगता है, दूर तिलवारा ब्रिज तक। ब्रिज के पार नर्मदा ढाबे की चाय में परमात्मा तत्त्व घुला हुआ है।

परमात्मा का स्वाद अदरक जैसा है। शायद वानर से मनुष्य होने तक की यात्रा में पीठ पर कुछ गाँठें उभर आती हों

३१.४

चुप्पी का पत्थर और घायल गौरैया

एक्स-रे रूम में प्रेम

मेरे ठीक दायीं ओर एक विचलित-सी कैंटीन है और बायीं तरफ़ एक लम्बा अन्तर्मुखी गलियारा। मैं कैंटीन और गलियारे के बीचोंबीच एक तटस्थ पड़ी बेंच में बैठी हूँ।

दायें देखती हूँ, हलकान से लोग, किसी के चेहरे पर तसल्ली नहीं है। थकान, झुँझलाहट और एक बोझिल नाउम्मीदी से भरे हुए ये लोग चाय पी रहे हैं। बायें देखती हूँ, दूर तक खिंचा हुआ एक लम्बा मुर्दा सन्नाटा। फिर दायें देखती हूँ, फिर बायें देखती हूँ। फिर दायें, फिर बायें...आँखें मूँद लेती हूँ।

ये कैंटीन की व्याकुलता और गलियारे की चुप्पी मेरे ख़ूब जाने-पहचाने मौसम हैं।

●

मैं ज़रा देर के लिये बीच पीपल पर बैठी गौरैया हो जाती हूँ। किसी खिलंदड़े ने खेल-खेल में गुलेल चला दी तो कुछ पत्ते झर कर कैंटीन का मौसम हो गये और कुछ पत्ते उस अन्तर्मुखी गलियारे में बदल गये। कुछ देर को पीपल में कोलाहल मच गया था। और आज, एक जवान कैंटीन और बूढ़े गलियारे के ऐन बीचोंबीच हूँ मैं। बुद्ध के मार्ग पर निकल पड़ने की एकदम उचित स्थिति। मध्यममार्गी। पर मुझे नहीं जाना था बुद्ध के मार्ग से, मुझे अपना रास्ता खोदना-बनाना था। मैं क्यों जाऊँ किसी और की राह।

"बाबुषा! अन्दर आ जाइए।"
मैं बुद्ध के मार्ग का विचार छोड़ कर एक्स-रे रूम के मार्ग में जाना तय करती हूँ।

एक्स-रे रूम की मद्धम रौशनी में मेरे स्वप्न जुगनू बन कर चमक उठते हैं। एक पल को वह मनहूस कमरा रौशन हो उठता है।

"आप सीधे नहीं रख रही हैं पाँव। सीधे रखिये न! इस तरह।"

"सुनो! मैंने कभी नहीं रखे अपने पाँव सीधे। आगे भी नहीं रखूँगी। अपनी मशीन मेरे पाँव के हिसाब से सेट कर लो।"

उसकी मशीन संसार है। सच! इन वक़्तों में संसार मशीन ही तो है।

•

कि अचानक एक्स-रे वाले लड़के के फ़ोन पर व्हाट्सएप बीप बज उठती है और मुझे सौ फ़ीसदी मालूम है कि ये मेसेज किसने भेजा होगा। नहीं, मैं इस लड़के को बिल्कुल नहीं जानती पर मैं इन इलेक्ट्रो-मैग्नेटिक तरंगों की गन्ध चीन्हती हूँ। किसी प्रेमिका को अपने प्रेमी के वर्किंग आवर्स से मतलब नहीं होता। प्रेमिकाएँ टाइम ज़ोन के बाहर जीती हैं। वे अन्तरिक्ष में रहती हैं और अपने प्रेमी की महँगी घड़ी को शो-पीस से ज़ियादह कुछ नहीं समझतीं।

मैं अचानक उसके प्रति नरम पड़ जाती हूँ। मैं मन ही मन चाहती हूँ कि वो उसी वक़्त मशीन छोड़ कर अपनी प्रेमिका को जवाब लिक्खे। वो किसी परेशानी में हो सकती है, या परेशानी में नहीं भी हो तब भी वह उसे अटेंड कर ले। लड़के ने ठीक ऐसा ही किया। मैंने मन ही मन उसे कहा, "मे गॉड ब्लेस यू बोथ। उसके प्रति वफ़ादार रहना।"

उसकी हल्की मुस्कराहट से कमरे में तेज़ रौशनी हो गयी।

वो मेरा पाँव मशीन के नीचे सही करने लगा है। अब कमरे में मेरे स्वप्न के जुगनुओं की रौशनी के साथ-साथ उसके मन का उजाला भी शामिल हो चुका है। मैं मशीन के हिसाब से पाँव सही रखने तैयार थी। हम दोनों के मन के बीच एक कनेक्ट बन चुका है। उस कमरे में उड़ते हुए जुगनुओं की रौशनी में वह पहले ही जान चुका था कि प्रेम, चाहे

किसी का भी हो, प्रेम मेरा ही साम्राज्य है और मैं अपने साम्राज्य की रक्षा करने वाली सेनापति।

●

मुझे कैंटीन का बेचैन मौसम और गलियारे की उजाड़ उदासी याद आने लगी। पीपल, चिड़िया, गुलेल, अँधेरा, जुगनू, व्हाट्सएप, ये लड़का, उसकी प्रेमिका, एक्सरे मशीन, संसार...ओफ़्फ़!

सब मेरी आँखों में आकर पिघलने लगे। मैंने अपनी दायीं बाँह में इस बहते हुए वक़्त की गर्माहट को बूँद-बूँद महसूस किया। गीली आँखों में एक जुगनू फिर झिलमिला उठा।

एक बार स्वप्न में देखा था मैंने कि एक लड़की को किडनी की ज़रूरत थी। वह घर आयी और बोली, मेरी किडनी ख़राब हो गयी। उस वक़्त मैं टीवी पर कार्टून्स देख रही थी। मैं किचन में गयी, मैंने सब्ज़ी काटने वाला चाकू उठाया, अपना पेट चीरा, एक किडनी निकाली, उसे दे दी, खुले हुए पेट पर सेलोटेप चिपकाया और फिर से टीवी देखने बैठ गयी। न ही किसी दर्द का एहसास हुआ न ही कोई महानता बोध। कोई अनुभूति ही नहीं थी। जैसे कोई बात ही न हुई हो। यह स्वप्न दिनों-दिन तक हैरान करता रहा था। मैंने अपने कुछ दोस्तों से पूछा था कि क्या वे कभी ऐसी स्थिति से गुज़रे हैं कि न दर्द हो रहा हो न आराम, न प्रेम में हों न घृणा में, न किसी के प्रति शत्रुता का भाव आता हो न ही मित्रता का, न भूख हो न तृप्ति। मैंने जाना कि मेरे दोस्त स्थितियों से नहीं राजधानी एक्सप्रेस से जीवन में गुज़रते हैं। और एक मैं, अभी ज़रा देर पहले ही एक आसक्त कैंटीन और विरक्त गलियारे के बीचोंबीच फँस गयी थी।

जुगनू उड़ गया। जुगनुओं का सारा हुजूम ही किसी और बियाबान को रौशन करने दूर उड़ चला है।

●

''उठ जाइये। हो गया है।''
''हम्मम। थैंक्स।''
''आराम से चलियेगा, अपना ख़याल रखियेगा। आप सर का हाथ पकड़ कर चलिये न।''
''हम्मम।''
एक्स-रे रूम छोड़ने के पहले मन ही मन अपनी वो दुआ दोहराती हूँ जो ज़रा देर पहले इस लड़के को दी थी। ख़ामोशी से पढ़ी गयी दुआएँ क़ुबूल होती हैं।

●

एक्स-रे रूम के बाहर आ गयी हूँ।

लौटते हुए दिशाएँ बदल चुकी हैं। अब की बार बायीं ओर है वह धूप सेंकती कैंटीन और दायीं ओर जाड़े में ठिठुरता गलियारा। मौसम हैं, दिशा बदल लेते हैं। मुझे जान लेना चाहिए कि मैं ठीक बीचोंबीच हूँ। फ़र्क़ कहीं जाने और लौटने का है, बस!

दायें देखती हूँ, फिर बायें। फिर दायें, फिर बायें। जैसे ज़िन्दगी लॉन टेनिस का खेल हो और मैं एक देहाती दर्शक जिसे इस सम्भ्रान्त खेल की कोई समझ नहीं। कोई पूछे फ़ेडरर कौन है तो कहूँगी, फ़ेडरर वक़्त है।

वक़्त, जो जीत जाता है। एक वफ़ादार सेनापति अक्सर अपना राज्य बचाते-बचाते हार जाता है।

•

दिशाएँ बदलने वाले रहस्यमयी गलियारे और मायावी कैंटीन के बीच से धीमे-धीमे चलते हुए लौटती हूँ। बेबी स्टेप्स...धीमे...धीमे, बहुत धीमे। उस गौरैया को दोनों हथेलियों में भर कर हौले से उठाती हूँ, अपनी उँगलियों को चाकू की तरह इस्तेमाल कर अपनी छाती चीरती हूँ, गौरैया को अपनी छाती में दफ़न कर आगे बढ़ जाती हूँ।

वह पत्थर चुप्पी का था, जिसकी चोट से पीपल पर बैठी एक चहकती गौरैया मारी गयी थी।

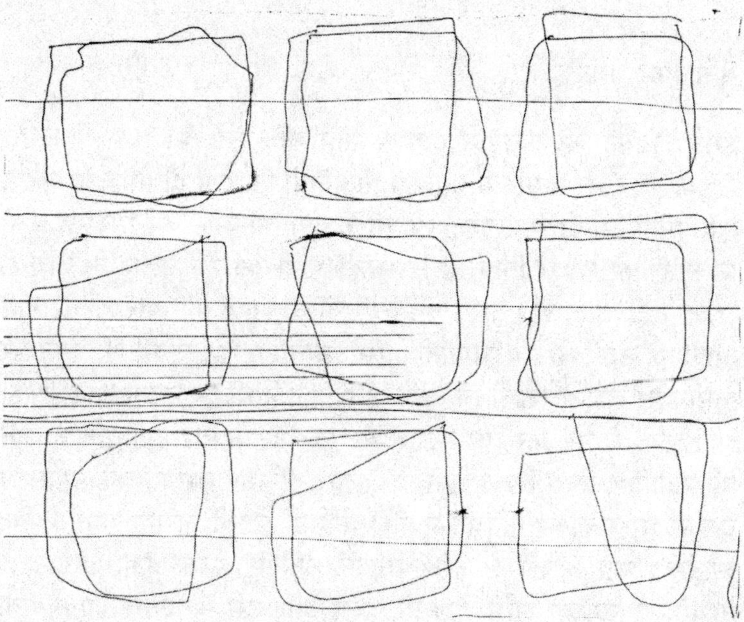

३२

समन्दर खारा होने की एक और कथा

सुनो फिर क्या हुआ...

उसने लड़की की कमर में अदृश्य मंतर बाँध रखे थे।
लड़की दिन भर जंगल में आवारा तितलियों के पीछे दौड़ती और उनके रंग अपनी आँखों में उतारती। ऊँची चट्टानों को काट कर गिर रहे झरने के पानी को घण्टों निहारती कि कहीं पानी का रंग पत्थर के लहू से लाल न हो जाता हो। कभी वह चिड़ियों के झुण्ड की ओर चली जाती और उन्हें उड़ने के गुर सिखाती। ऐसा करते हुए वह सख़्ती से अपने पैर ज़मीन पर जमाये रखती कि वह उड़ना जानती थी पर उड़ना चाहती नहीं थी। शाख से टूट कर गिरे पलाश के फूल उसके पैरों तले कुचले जाने की ख़्वाहिश लिये खिले रहते थे। हसरत भरे उन टेसुओं की मखमली दरी से पैर बचाकर लड़की नुकीले कंकड़ों पर ही नाचती रहती। फूल कौतूहल भरी आँखों से उसे नाच की नदी में डूबता हुआ छोड़ देते। नाचते हुए उसकी साँसें तेज़ हो जातीं और उस जंगल का एक-एक पत्ता किसी अलौकिक धुन में डूब जाता।

साँझ ढलते ही लड़की की कमर में बँधे मंतर अपनी गूँज से जंगल के बीचोंबीच एक रास्ता बना देते और लड़की बौराई हुई सी उस रास्ते पर चल पड़ती। मुश्किलों से भरे उस कच्चे रास्ते पर चलते हुए लड़की के पाँव छालों से भर जाते पर उसे दर्द का पता न चलता था। नीमबेहोशी जैसी हालत में चलते हुए उसे बस एक ही बात मालूम थी कि चलने के लिये होश नहीं पैरों में ललक की ज़रूरत होती है। लड़की जानती

थी कि चलना भी एक तरह का इन्तज़ार है। उसके पास पहुँच जाने का इन्तज़ार जो उसे अपने टोटके बाँध कर खींचता है। उस रास्ते पर चलने का इन्तज़ार वह हर दिन किया करती थी।

उधर मंतर बाँधने वाला दुनिया से बेपरवाह घर की सीढ़ियों पर बैठा सिगरेट के छल्ले हवा में उड़ा रहा होता। वो लड़की का प्रेमी था। आसमान की ओर उठती धुएँ की टेढ़ी-मेढ़ी चाल से वो अपनी बेफ़िक्री की इबारत लिखता। उसकी आँखों में इन्तज़ार के जुगनू नहीं चमकते थे बल्कि जुनून की लौ लगातार जल रही होती थी। उसके आसपास कभी अँधेरा नहीं होता था। ऐसा लगता जैसे ख़ुदा ने दुनिया में उजाले का बन्दोबस्त करने के लिये उसे भेजा हो। जहाँ दिन-भर सूरज आसमान में जला करता, वहीं रात-भर धरती पर वो जल कर राख होता रहता।

लड़की उसके प्रेम से इस क़दर भरी हुई थी कि छलक रही थी। उसने वक़्त को अपने पाँव में पहन लिया था। आसमान के शामियाने तले जब वह दरवेशों की तरह घूमते हुए एक हाथ ऊपर उठा लेती तब उसके पाँव से लिपटे वक़्त की पाजेब बज उठती।

लड़की के रहने के लिये पहाड़ों के पीछे उसने एक अनोखा घर बना रखा था। चुम्बनों की ईंट एक के ऊपर एक रख कमरे की दीवारें बनायी थीं। स्वर्ग के सबसे गहरे और अब तक के अनदेखे रंगों से उन दीवारों को रँगा था। खिड़कियों पर धुनों के पर्दे टाँगे थे। घर के बाहर एक बाग़ था जहाँ रंग-बिरंगे ख़्वाब उगे हुए थे। लड़की जानती थी कि वो दुनिया के सबसे ख़ूबसूरत घर में रह रही है। ऐसा घर तो उन्हें भी नसीब नहीं जिनके पास ज़मीन से आसमान तक दौलत का अम्बार लगा हुआ है। अपनी क़िस्मत पर इतराते हुए वह अपना नाच जारी रखती।

कभी-कभी वो दरख़्तों की आड़ से लड़की को ज़िन्दगी का जश्न मनाते देखा करता था। ऐसा करना उसे अच्छा लगता। जंगल में नाचती

हुई लड़की पर जब सूरज की किरणें बरसतीं तब वह तन पर हल्दी लपेटी दुलहन सी दिखती।

उस दिन भी लड़की कुदरत के जलसे में शामिल थी कि एकाएक वो सामने आ गया। जाने उसे क्या हुआ कि वो लड़की को बेसाख़्ता खींचते हुए घर ले आया। आख़िर लड़की को धूप भी कैसे छू सकती है? वो यह बर्दाश्त न कर सका। लड़की तो पूरी तरह से उसकी है। आख़िर धूप, पानी की बूँदों और हवा को भी उसे छूने का क्या हक़? फिर ऐसा ही सिलसिला आगे भी चला। अब बारिश और वसन्त के मौसम में लड़की का बाहर निकलना बन्द हो गया।

और फिर एक दिन उसने अपने प्यार से मौसम रचे कि बाहर के मौसम लड़की की छाया भी न छू सकें। अपनी देह के ताप से उसने लड़की के लिये धूप रची। अपने आँसुओं से घर के भीतर ही बारिश की झड़ी लगायी और लड़की के मुँह में अपनी साँसें भर कर उसे जीने के लायक हवा दी। लड़की फिर जी उठी। अब वो घर में भीतर ही नृत्य करती। उसने पाँव में बँधा वक़्त उतार कर बाहर फेंक दिया। घर के भीतर ही अब सारे मौसम एक ही दिन में बारी-बारी से खिल उठते।

लड़की की अँगुलियाँ तिलिस्मी थीं। वो पियानो बजाने की मुद्रा में हवा में अँगुलियाँ चलाती थी। अक्सर वो नींद में ऐसा करती और जैसे ही उसकी उँगलियाँ हवा के पियानो पर थिरकतीं, खिड़कियों पर पड़े धुनों के पर्दे फड़फड़ाने लगते। दुनिया में ऐसा पहली बार हो रहा था कि हवा में अँगुलियाँ चलाने पर खगोलीय घटनाएँ हो रही थीं। आसमान में तारों और उल्काओं की आतिशबाज़ी होती।

इस अनोखे तरह के संगीत की ख़बरें फैलने लगीं और उनके घर के आसपास तमाशबीन इकट्ठे होने लगे। आसमानी आतिशबाज़ी और धुनों का जादू दुनिया भर के लोगों के सर चढ़ कर बोल रहा था।

लड़की जानबूझ कर कोई जादू न करती। वो तो ख़ुद किसी जादू की गिरफ़्त में थी। उसे पता भी न चलता कि कब नींद की स्लेट पर वह सुरों के सम लिख जाती।

इधर वो दिन-रात बेचैन रहने लगा। लड़की के इर्द-गिर्द उसे लोगों का हुजूम बिलकुल अच्छा न लगता। जिसे देखने और छूने का हक़ मौसमों को भी न हो, उसे भला किसी की नज़र कैसे छू सकती थी? उस दिन आसमान से फिर सितारों का झरना सा बहा आ रहा था और फ़रिश्ते आँखें मूँदे लड़की की हथेली पर लकीरें खींच रहे थे। पूरी कायनात धुनों के जादू का मंज़र देख रही थी कि अचानक ज़मीन पर लाल रंग टपकने लगा। एकाएक राग बदल गया। ख़ुदा के दरवाज़े पर टँगे घड़ियाल बज उठे। दुनिया में अफ़रा-तफ़री के हालात बन गये। फूलों ने खिलने से इनकार कर दिया। तितलियाँ अपने रंग छुटाने लगीं। पेड़, जंगल, पहाड़ सन्न खड़े रह गये।

उसकी आँखों का जुनून एक चाक़ू ने अपनी धार पर जब्त कर लिया और लड़की की अँगुलियाँ कट कर गिर गयीं। ख़ून से तर उँगलियों का दर्द लड़की न सह सकी और इस दुनिया से रुख़सत हुई। वो धूप, हवा और बारिश बनाने का हुनर तो जानता था पर उसे मरे हुए को ज़िन्दगी देने का कोई पता न था।

उस दिन के बाद उसकी आँखें कभी नहीं सूखीं।

लड़की मर के भी उसके सीने में ज़िन्दा रहती थी और वो जीते जी मर चुका था। तब से जाने कितने जनम गुज़रे, वो लड़की की लाश उठाये दुनिया भर में फिरता है। उसके आँसुओं से समन्दर भरते हैं। रातों को समन्दर के कलेजे में उठने वाली ऊँची-ऊँची मौजें उसका रुदन हैं।

कहते हैं इसके पहले समन्दर का पानी मीठा था।

३३

पाँच फ़ीट सात इंच का काँटा

कोई बड़ा मशहूर क़िस्सा भी नहीं, पर क़िस्सा तो क़िस्सा।

एक समय की बात है। बग़दाद के सुलतान को बंजारा जाति की एक लड़की से मुहब्बत हो गयी। वो उस हवा को अपने पास रख लेना चाहता था। पर वो किसी सूरत हाथ न आती थी। तब सुलतान ने अपने जादू-टोने की तालीम का सहारा लिया और उस लड़की को मछली बना दिया।

मछली माशूक़ा को उसने अपने जलघर में छोड़ दिया और उसे दिन-रात मुहब्बत किया करता। वक़्त-वक़्त पर वो जलघर का पानी बदल देता और आटे की गोलियाँ पानी में डाल दिया करता। मछली जान भी जलघर के पानी में घुल-मिल गयी। अब उसे कोई हाथ लगाता तो वो डर जाती और कोई बाहर निकालता तो वो मरने-सी हो जाती। इस तरह मछली जान और सुलतान की ज़िन्दगी चलती रही।

वक़्त बीतने लगा। मछली जान अपने जलघर में ख़ुश रहती। करतब करती, मचलती, उछलती, खुली आँखों में सौ सालों की नींद पूरी करती। फिर धीरे-धीरे सुलतान ने उसके पास आना कम कर दिया। पानी बदलने और आटे की गोलियाँ मिलने की रवायत भी पहले सी न रही।

पर मछली जान ने शिकायत नहीं की।

इधर मछली जान को ज़माने भर के मछेरे देखते। टुकुर-टुकुर। मछली जान ने चौखट पर आँखें टाँक दी थीं। सुलतान कभी-कभार आता तो आँखों को चूम लेता। मछली जान के गलफड़ों में हवा आते-जाते रहने के लिये तो इतना भी बहुत।

ऐसे ही टुकुर-टुकुर दिन गुज़रने लगे।

फिर एक दिन यूँ हुआ कि सुलतान के घर हरी तरकारी न थी। सो उसने यूँ किया कि मछली जान को जलघर से निकाला और राई तेल डाल कर कड़ाही में भून दिया। पूरे परिवार ने मिलकर शौक़ से मछली जान का स्वाद लिया।

क़िस्सा यहाँ ख़त्म हो जाना था पर ऐसा होता नहीं।

आगे यूँ हुआ कि सुलतान जब शौक़ से मछली जान के टुकड़ों से पेट भर रहा था तभी उसके सीने में एक काँटा जा फँसा।

जानती हो, मनवा!
वो पाँच फ़ीट सात इंच का काँटा था। क़िस्सा दरअसल यहाँ से शुरू होता है...

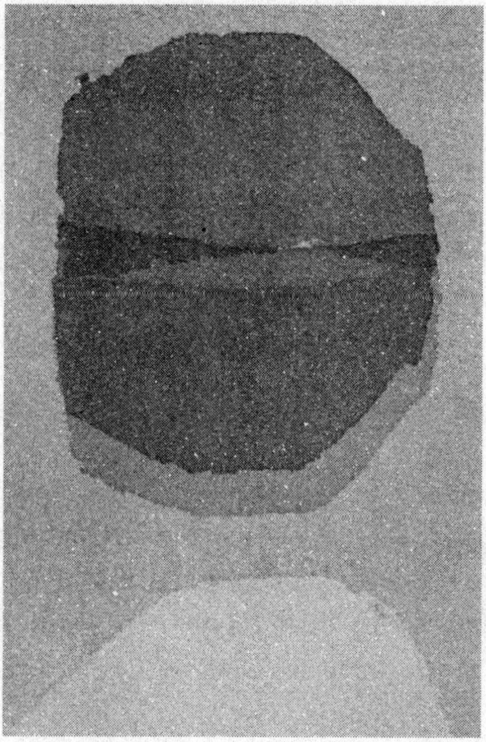

३४

बँधने से कौन डरता है? छूटने से जी घबराता है

मेरी जिह्वा जितना तुम्हारे अधरों की मिठास जानती है, उससे कहीं ज़्यादा तुम्हारी आत्मा ने मेरी आँखों का नमक चखा है। मैं तुमसे बयालीस स्टेशन पार हूँ पर तुम्हारी मुट्ठियों में बन्द हूँ। तुम मेरी गोद में सिर रखे लेटे रहते हो, पर मुझसे हज़ारों प्रकाश वर्ष दूर निकल जाते हो।

याद है, पहली बार तुमने कितनी कस कर मेरी हथेली को थामा था। यूँ लग रहा था मानो तुम्हारे भाग्य की सारी रेखाएँ मेरी हथेली पर उभर आयेंगी। तुम्हारे हाथों की छुअन भर से ही मुझे ज्वर हो गया था। साल-दर-साल गुज़रे पर अब तक तुम्हारे अधरों के शीतल स्पर्श को मैंने माथे पर सहेज रखा है। उस दिन दूर बैठे हुए तुम जब मुझे अपनी मायावी आँखों से बाँध रहे थे तब मैंने कहा था कि मेरी ओर मत देखो। अब भी मुझे वही तो कहना है कि मेरी ओर मत देखो। मत देखो मेरी ओर।

बँधने से कौन डरता है? छूटने से जी घबराता है।

उत्तर से दक्षिण तक फैली तुम्हारी बाँहें मुझे घेरते हुए एक मीटर का भी वृत्त नहीं बनातीं पर मुझे वो कसमसाहट प्यारी है कि उस वृत्त में ही मैंने देह राग का आलाप लिया और हम दोनों की आत्माओं की लय को साध लिया था। उन बाँहों के मीटर भर ब्रह्माण्ड में ही मुझ पर ॐ फलित हुआ।

सचमुच! तुम न होते तो मैं कभी न जान पाती कि वास्तव में ज्यूपिटर एक छोटी-सी रंगीन गेंद भर तो है।

कभी-कभी सोचती हूँ कि उन तिलिस्मी आँखों और रस्सीदार बाँहों के अलावा भी तो कितने जादू-मंतरों से तुमने मुझे बाँध रखा है और एक मैं बावरी, कि मेरे पास तुम्हें बाँध रखने की कोई तैयारी ही नहीं।

प्राण मेरे!

ये जान लो कि मैं तुम्हें क़समों-वादों की ताबीज़ से नहीं बाँधने वाली। न ही अपनी कातर पुकारों से तुम्हारी राह रोकूँगी। गल चुकी रस्मों-रवायतों की बेड़ियों से भी नहीं जकड़ रखूँगी। सम्भव है कि किसी दिन मेरी निरीह याचनाओं को कुचल कर तुम आगे बढ़ जाना चाहो। पर देखना, उस दिन तुम्हारे क़दम न उठ सकेंगे।

मैं तुम्हें अपनी असह्य तड़प से बाँध लूँगी

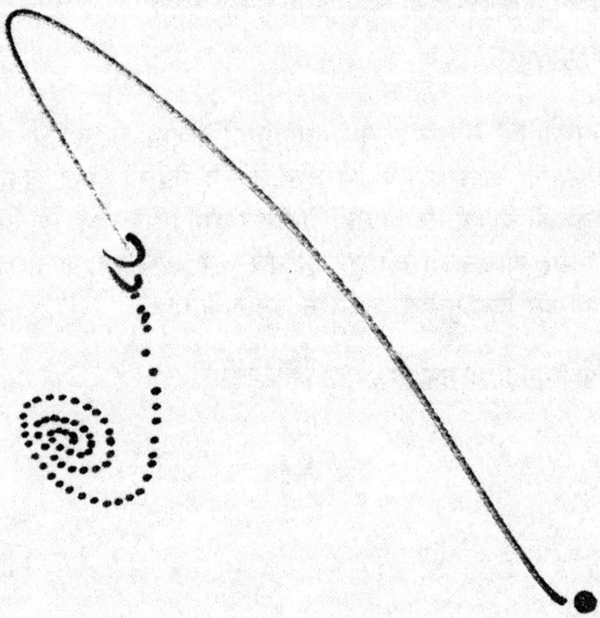

३५

अन्तिम आरोहण

प्यास लगती है तब पानी ही मेरा ईश्वर
नृत्य करते हुए संगीत ही मेरा ईश्वर
जंगलों में घूमते हुए
नदियाँ, परिन्दे और झरने ही मेरा ईश्वर
जिसने प्रेम से लबालब किया
वो दिलबर भी ईश्वर
जब-जब मन ऐश्वर्यपूर्ण हुआ
तब-तब पाया ईश्वर

कितने रूप बदल-बदल कर मिलता रहा ईश्वर
कि मैंने अपने ईश्वर को गिरगिटों के बीच पाला है।
न जाने ये हंगामा-ए-ख़ुदा क्या है?

एवरेस्ट के ऊपर कोई एवरेस्ट नहीं है। सारी चढ़ाइयाँ उतरने के लिये होती हैं। शीर्ष पर पहुँचते लोग ढलानों का अतीत ही हैं।

मैं तो यूँ ही खिलन्दड़ेपन में उस रोज़ जगह चली गयी थी। मुझे कब पता था कि न ये कोई टीला है और न ही इस खेल में मेरी कच्ची लोई है। सब कुछ पीछे छूटने लगा। यहाँ तक कि अपने नज़रिये की पोटली भी मैं नीचे मैदानों पर छोड़ आयी। अब ख़ालिस नज़र बची है। मुझे फ़िक्र नहीं है कि तुम्हारी नज़र में कहाँ हूँ। परवाह तो इस बात की रही

कि अपनी नज़र से कहीं उतर न जाऊँ।

मेरी नज़रों की खिड़की से मेरे भीतर मत झाँको। मेरे मन की चढ़ाई मुश्किल है। जितनी ऊँचाई पर जाओगे, साँसों को सीने में उतारना उतना मुश्किल होता जायेगा। सबसे ऊँची चोटी तक पहुँचे भी तो नीचे उतरना सह नहीं सकोगे कि एवरेस्ट के ऊपर कोई एवरेस्ट नहीं। सचमुच, सारी चढ़ाइयाँ उतरने के लिये ही होती हैं।

एवरेस्ट विजय पर ध्वज गड़ाये जाते हैं। गौरीशंकर के शिखर पर स्वयं को गड़ाना होता है।
तुम क्यों न जान सके कि मैं गौरीशंकर की राह पर हूँ।

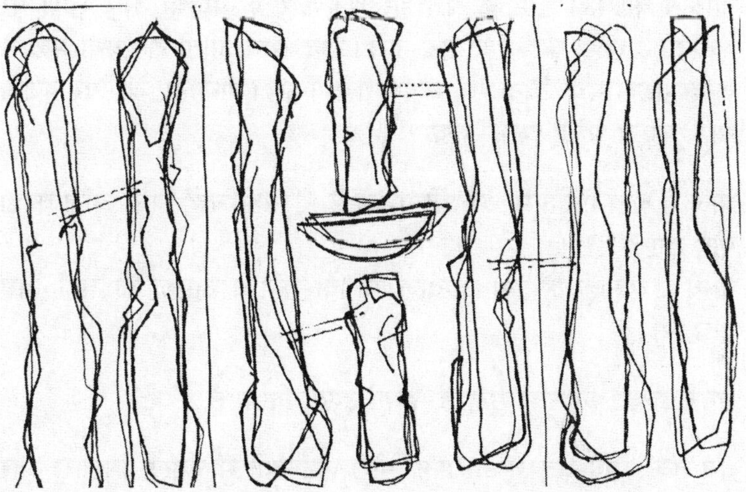

३६

हम जहाँ पहुँचे कामयाब आये

अक्टूबर के ज़ख़्म, .फ़ैज़ की शराब और माँ के नुस्खे

पार्किंग के पास नीम के पत्ते झरे थे। कार के पहियों और शीशे पर चिपकी-उलझी कड़वाहटें हरी-हरी। याद आया बीती रात क्या मज़े से काढ़ा गटक गयी बिना भवें ऊपर नीचे-किये। पीछे टी. वी. पर बजता था, *गुड़ से मीठा इश्क़-इश्क़।*

बाज़ू में बैठा पितानुमा आदमी पूछता है, ''नखरे नहीं किये आज काढ़ा पीते हुए?''
कन्धे उचकाती हूँ इस अन्दाज़ में कि कड़वा लगता ही नहीं अब कुछ भी।

तुमने इश्क़ का नाम सुना है, हमने इश्क़ किया है...

तब तक आगे बढ़ चुका गाना, पीछे छूट गयी मैं ख़ाली गिलास और ख़ाली आँखें लिये मिच-मिच सी।

एक ज़माने तक नहीं झपकीं आँखें। कितना सो लूँ कि कसर पूरी हो जाय।

पक्की नींद रिझाती है।

एक और सुबह उतरी बालकनी के रास्ते और नीचे पार्किंग के पास नीम

के पत्ते। पहियों से एक-एक पत्ती चुनती हूँ, पेड़ के पास गिलहरियों के नाच पर लुटा देती हूँ नीम के पेड़ के सिक्के और दूर टहलने निकल जाती हूँ। मेरे शहर का इतवार अनमने ढंग से सड़क के ओर-छोर तक पसरा हुआ है। एक आँख से पी लेती हूँ पूरी की पूरी सुबह, दूसरी आँख से रात बहा देती हूँ।

मोड़ पर हल्की मीठी सर्दी मिल गयी थी, जेब में भर लायी। मन पर मौसम की रुई के फाहे रखती हूँ धीरे-धीरे, हल्के-हल्के, ठण्डे-ठण्डे। जीने की सौ वजहों पर जुगाड़ लेती हूँ मरने के एक सौ एक बहाने।

उस्ताद की आवाज़ के प्याले में फ़ैज़ को लबालब भरे हुए हूँ सुबह से। कितने प्याले हुए, कुछ हिसाब नहीं।

कर रहा था ग़म-ए-जहाँ का हिसाब
आज तुम याद बेहिसाब आये

उन्नीस ही दिन कटे अभी तो। पूरा अक्टूबर पड़ा है और उम्र पूरी। मैं मन ही मन सोचती। कड़वी ही सही पर हरी है नीम। माँ कहतीं।

ओ नीम बेहोश!
दो पत्तियाँ चबा ले, बची हुई तेरे ज़ख़्म पर बाँध देती हूँ

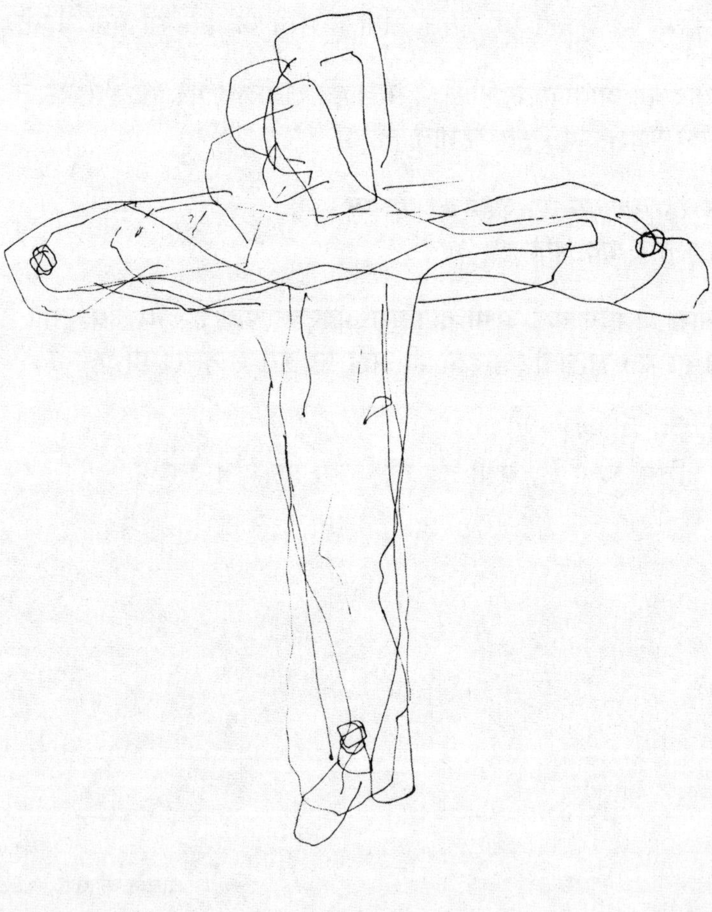

३७

आबरा का डाबरा

जीवन कब किसके लिये आसान रहा है? मेरे पास कम-अज़-कम कविता और नृत्य रहे हमेशा दुश्वारियों से जूझ लेने के लिए। जीवन की कविता बारहा नृत्य के रूपकों में ही रचती रही। कितनी तरह की तो मुद्राएँ सीखीं। कभी रिझाना तो कभी रुलाना, कभी सताना तो कभी मनाना, हुलस उठना, हँसाना तो कभी दिनों-दिन मातम मनाना। फिर यह भी जाना कि सबसे सशक्त भंगिमा निपट एकान्त में ही उतरती है, तब देह और आत्मा एक लय हो रहते हैं।

ऐसा है दोस्त! कि लोग पक्का राग सुनना चाहते थे, मैं शकीरा गुनगुनाने लग जाती। वो अशोका की बात शुरू करते, मैं तथागत पर रुक जाती। उन्होंने वनस्पति-विज्ञान की रट्टमरट्टू परिभाषाएँ कहीं, मेरे कुर्ते की जेब से जंगली बेर की महक आती।

आशीष, तुम्हें याद है अक्टूबर की वो शाम, जब मुझे लोर्का पर बोलने के लिये आमन्त्रित किया गया और मैं जॉन लेनन के जीवन का क़िस्सा सुनाने लगी थी। और तुम्हें याद है, जब रंगमंच पर चमकती रौशनियों के बीच शातिर अथर उस प्यारी लड़की आदिला को धोखा दे रहा था और मैं तुम्हारी टीम के लिये हिचकियों से तालियाँ बजा रही थी। और तुम्हें याद है वही शाम, जब मैं अपनी बात कह कर बाहर आयी तब कुछ स्त्रियों ने किस तरह मुझे अपने गले से लगा लिया था।

अब मैं सोचती हूँ कि दूर दिल्ली में उगे उस सूरजमुखी को जल्दी

वापस आ जाना चाहिए। उसे ऋषि जाबालि के चारों ओर फैले वन-प्रदेश में अपनी पूरी गोलाई और ताप के साथ खिलना है। मैं उसकी छोटी-छोटी नारंगी पंखुड़ियों की नज़र उतारती हूँ। थू थू थू...

तुम कब लौटोगी, चित्रांगदा?
ओह चित्रांगदा!

सुनो! एक लड़की के ठहाकों पर कविताएँ लिखनी हैं मुझे और बिरहिन नरबदा माई के जल से पराजित सम्राट के चोटिल माथे पर अभिषेक करना है। कविताओं में बिखरी माचिस की तीलियाँ बटोरनी हैं। तुम आओ, चित्रांगदा! तो सब कविताएँ जल में विसर्जित कर दें।

दोस्त! वो जो चाहेंगे, वो हम नहीं कहेंगे। हम वही कहेंगे जो हम जियेंगे। हम ज़माने से ख़ारिज होते रहेंगे और इस ख़ारिज की सीढ़ियाँ चढ़-चढ़ उनके अटारी पर टँगे दिमाग़ों में दाख़िल रहेंगे। हम, जो कि ख़ारिज हो चुके लोग हैं, आयुध निर्माणियों के बारह के हूटर की तरह उनके दिमाग़ों में बजते रहेंगे।

ये मेले-रेले तो बेवजह की मज़ेदारियाँ हैं, पार्टनर! सबसे सशक्त भंगिमा तो निपट एकान्त में ही साकार होती है। आबरा का डाबरा...। छू मन्तर! हो जाने की वह परम भंगिमा।

३८

तुम्हारे-मेरे बीच आदम और भर्तृहरि के बीच की दूरी है

तुम्हारे हाथ में अभी आदम के बाग़ीचे का फल है। तुम्हें संसार की ओर जाना होगा। मेरे हाथ में राजा भर्तृहरि का घुमन्तू फल आ पहुँचा है। अब मुझे जंगल की ओर चलना होगा। तुम जब अपने सेब को चखते और चिहुँकते हुए संसार की ओर चलते हो तब कितने नादान जान पड़ते हो। मैं विश्वासघात का फल थामे हारे क़दमों से जंगल की ओर बढ़ती हुई भी विजयिनी दिखती हूँ।

तुम एक दिन जानोगे कि पराजय हर स्थिति में एक बड़ी विजय है।

तुम देखना! एक दिन ऐसे ही धरती नापते-नापते किसी मोड़ पर हम फिर आमने-सामने होंगे। उस दिन मैं संसार और जंगल का भेद मिटा कर लौट रही होऊँगी और तुम जंगल की तलाश में निकल चुके होओगे।

जिस जंगल में तुम्हें शान्ति मिले, उसके लिये चार हज़ार साल भटकना भी पड़ सकता है। मेरी नाभि में आदम के जूठे सेब का बीज पड़ा था पर हृदय तक पहुँचते हुए वो जैत वन में बदल चुका है। मैंने अपने अनन्तकाल के कठोर तप को बुन कर एक आसन बना दिया है। इस पर तुम्हें ही विराजना है। यह आसन मेरे हृदय के बोधि-वृक्ष के नीचे बिछा हुआ तुम्हारी प्रतीक्षा कर रहा है।

तुम्हारे और मेरे बीच कोई चार हज़ार सालों की दूरी नहीं है। यह तो आदम और भर्तृहरि के बीच की दूरी है।

मुझे कोई जल्दी नहीं है।
तुम मेरा संसार रहे हो। समय साक्षी होगा कि मैं तुम्हारा जंगल बनूँगी।

३९

मैं सालों में नहीं, क़िलोमीटरों में बूढ़ी होना चाहती हूँ

एक रोज़ NH-३ पर मलंगई करते हुए मैंने चाह की,

कि इन सड़कों को गूँथ कर मेरी कण्ठी बना दे
उस पे नर्मदा के नख का इक नग लगा दे
बाँध दे मेरे सिर पे इस रात का साफ़ा
चाँद का इकतारा मेरे हाथ थमा दे
कुन फ़ाया कुन की धुन लगा दे

या इलाही! मुझे इन रास्तों का सूफ़ी बना दे

पता है, हॉकर की टेर से दिन शुरू हो सकता है, ज़िन्दगी नहीं चलती। पहली तारीख़ के एकदम सही वक़्त पर आ जाने से भी ज़िन्दगी नहीं चलती। दवाइयों के पुर्ज़े सहेजने या महबूब के ख़त फाड़ के फेंकने से भी ज़िन्दगी नहीं चलती।

मुझे सिंड्रेला के गुमे हुए जूते की ख़बर है। और मुझे उस शहज़ादे का भी पता है जो काँच का एक जूता उठाये इस आस में गली-गली फिरता है कि एक दिन वो सही नाप के पाँव तलाश लेगा।

शहज़ादा कितने ही पाँवों को जूते की नाप पर परखता है। सिंड्रेला सिगड़ी के पास बैठी कच्ची आँच में पकती है। आख़िर में शहज़ादा सिंड्रेला को ढूँढ़ निकालता है पर क़िस्से में इस बात का ज़िक्र नहीं

आता कि नाप परखते-परखते काँच का जूता चटक गया है।

महज़ साँसों का चलना ही ज़िन्दगी का चलना होता तो जीने-मरने में आसानी हो जाती। पूरी उम्र उस जगह तक पहुँच जाने की चाह है जहाँ ज़मीन और आसमान एक-दूसरे से लिपटते दिखते हैं।

पर सचमुच, ऐसी कोई जगह नहीं होती।

शहज़ादा सिंड्रेला के पाँव में जूता पहना देता है। पर क़िस्से में इस बात का भी कोई ज़िक्र नहीं कि बिन जूते के पाँव को कितने ज़ख़्म मिले।

नहीं। सिंड्रेला के क़िस्से से भी ज़िन्दगी नहीं चलती।

प्यास से सूखता हलक पानी से ही तर होता है। चाँद की रोटी से पेट नहीं भरता। कपास के बादल गढ़ने से लेकर चट्टान चबाने तक सब कुछ आज़माया है पर हासिल यही कि 'हेड्स एण्ड टेल' से भी ज़िन्दगी नहीं चलती। पर पता है, छाले भरे तलुवों से ये राहें क्या कहती हैं? ये कहती हैं कि चलते रहने से ज़िन्दगी चलती है।

अरसे पहले सड़कों का लहू निचोड़ कर अपनी एड़ियों में मैंने महावर भरा था। इस सुबह की हवाओं में छिटके लाल रंग का सारा राज़ सूरज को मालूम है। और मैं इस जुगाड़ में हूँ कि एक दिन मैं हर अनछुई नदी के पानी में पैर भिगो लूँ, कि दुनिया के सारे पेड़ों की छाँव अपने रकसैक में भर लूँ, कि एक दिन हर कुँवारी सड़क से मिलकर उसका हाल पूछूँ। दरअसल मैं सालों में नहीं, क़िलोमीटरों में बूढ़ी होना चाहती हूँ।

शायद किसी दिन वास्को-डि-गामा मेरे कन्धे पर हाथ धर कर पूछे,
"बाबुषा! ये सड़क किधर को जाती है?"
कि आख़िर ज़िन्दगी चलने से ही चलती है।

४०

बाशो कहते हैं कि चीड़ के पेड़ के बारे में चीड़ से
सीखो सरकण्डों के बारे में सरकण्डों से

आदर्श, मुस्कान, प्रतीक, वैष्णवी,
सृष्टि, हुमा, धारिणी, श्रद्धा, पलक,
वंशिका, दिव्या, सुशान्त, लारा, ऋतिक के लिए

४०.१

मन से अ-मन की ओर

दशहरे के दिनों में किसी शाम

घर बैठे मोहता है इन दिनों का माहौल मुझे। खिड़कियों के काँच चीर कर कमरों में फैलती अगरबत्तियों की गमक, हवा में घुली पंचामृत की चिपचिप, खिचड़ी-भोग के दोने में समाया संसार, मन्दिरों-पण्डालों के लाउडस्पीकरों से माता को बुलाने के सौ-सौ जतन। इन आवाज़ों के संग बिना दरवाज़े खटखटाये बीता हुआ वक़्त घर चला आता है। सो, इन दिनों का सब अच्छा लगता है घर बैठे।

फिर बाहर निकलती हूँ तो स्मृति के सब दृश्य मिटने लगते हैं। कार की गति धीमी है सत्यजित रे की किसी फ़िल्म की तरह। बीते का बीतना घटता है। एक बदहवास ख़ुशी में डूबा संसार मेरी आँखों के आगे चमक उठता है। रंग-बिरंगे गुब्बारे और चीनी खिलौने खेलते, ये खिलखिलाते हुए बच्चे ही हैं जो इस विक्षिप्त भीड़ में सच्चे हैं। एकदम ख़ालिस बच्चे।

जगर-मगर साड़ियों में लिपटी औरतें आँचल में कितने घने अँधेरे छुपाये इस हो-हल्ले में शामिल हैं। मन छुपाने को करती होंगी चेहरों पर इतनी लीपा-पोती। दूसरी तरह का मन जताती जो नहीं है कहीं। मर्द बूढ़े हों कि जवान, प्रौढ़ या किशोर, सब में एक मर्दपना तारी दिख रहा है। एक ख़ास तरह की आक्रामक चाल या एक नज़र में एक साथ

हज़ार चेहरे ताड़ने की कुशलता या महँगे मोबाइलों से अर्जित किया आत्मगौरव। किसी लड़की को शादी के पहले एक सौ पच्चीस तरह के नियम-क़ायदे सिखाये-बताये जाते हैं, फिर वह सुघड़-सुशील गृहशोभा या मनोरमा में बदल जाती है। लेकिन मर्द होने के लिये कोई ट्रेनिंग भी ज़रूरी नहीं। ये तो बस है इनमें। एकदम नैसर्गिक-से हीमोग्लोबिन तत्त्व की तरह। कुछ बूढ़ी स्त्रियों की आँखों में सूनापन दिखता है तो कुछ की आँखें ऐसी दक्ष दूरबीन हैं, जिन्हें इस दुनिया का सब पता है। सब कुछ।

बहुत चमक है हर ओर। उजाला नहीं है।

इस चौंध में एक बात नहीं समझ आती मुझे कि ये तमाम लोग, ये हँसते-चहकते लोग किसके भय से इतने ख़ुश दिख रहे हैं? किस झिझक में अपनी असलियतों को छुपाने का अभ्यास करते हैं? किस हिचक से इनका भीतर-बाहर एक-सा नहीं रह पाता?

मैं सोचती हूँ कि उस हिचक पर वार हो, वो खण्डित मन खण्ड-खण्ड होकर चूरा बन जाय, अपनी आन्तरिक ख़ुशी को जीने में कोई अपराध-बोध न हो, निर्भयता से साँस लेना एक आदत हो, तब मनायी जाय विजय दशमी। विजय दशमी अपने भीतर के दस मनों पर विजय का उत्सव हो।

तम से ज्योति की ओर गमन का उत्सव हो। मन से अमन की ओर गमन का उत्सव हो।

४०.२

आर्चीज़ वाला लड़का

तब कार्ड्स होते थे।

दीये-रंगोली, पटाखे-फुलझड़ी, चकरी-अनार, साँप-टिकिया-रंगीन माचिस की गन्ध के समानान्तर एक पूरा बाज़ार होता था ग्रीटिंग कार्ड्स का। महीने भर पहले से ही कार्ड्स पर ख़र्च करने की राशि दे दी जाती थी। सहेलियों के घरों में इस बात पर नज़र रखी जाती थी कि कार्ड्स रिश्तेदारों को ही भेजे जायँ, हमउम्रों में केवल कज़िन्स को और बहुत से बहुत हुआ तो सबसे पक्की सहेली को, बस!

अपने घर दिवाली-न्यू ईयर पर प्रगतिशीलता छूट चलती थी। लड़कों के कार्ड्स आ सकते थे। बदले में उन्हें कार्ड्स देने के पैसे भी मिलते थे पर वह मैंने ज़ियादहतर अपनी कॉमिक्सों पर ख़र्च किये।

आर्चीज़ और हालमार्क हर मौसम के कार्ड्स में अपनी ब्लैक एण्ड व्हाइटियत के साथ अपना क्लास क़ायम रखने में अव्वल बने रहते। लोकल कार्ड्स वाले दिवाली के कार्ड में भी एक गुलाब पर दो ओस की बूँद और दो हरी पत्ती दिखा कर जाने कौन-सा रेनेसाँ लाने पर आमादा रहते। तिस पर कलाकारी के अत्याचार की इन्तेहाँ ये कि काले बैकग्राउण्ड पर ऑरेंज से लिखा होता, 'Happy Diwali.' उत्तर भारत के रिश्तेदार दीये ही दीये भेजते थे और मुम्बई-पूना तरफ़ वाले तरह-तरह के लक्ष्मी-गणेशों का ढेर लगा देते।

इन ढेर सारे दीयों और लक्ष्मी-गणेशों के बीच एक आर्चीज़ का कार्ड आता था वॉयलिन लिये एक छोटा बच्चा और उसके साथ एक नन्ही लड़की। ये दोनों कभी साइकिल में होते, कभी पुलिया पर बैठे होते,

कभी यह नन्हा हीरो अपनी लिटिल नायिका को गुलाब देता हुआ। कार्ड के अन्दर ब्लैक इंक से लिखा होता,

"शुभ दीपावली।"

न नाम, न पता, न ठिकाना। बस! लिफ़ाफ़े में अपने ही शहर की सील। बरसों-बरस यह सिलसिला चला। मैं भाई की ओर देखते हुए कन्धे उचकाती। वह अपनी क्रिकेट टीम के सारे लड़कों को शक की नज़र से देखता और जिसकी ओर सुई घूमती दिखे, कैप्टन होने के नाते उससे जबरन किट भी ढुलवाता।

फिर त्योहार बीत जाने के बाद ग्रीटिंग कार्डों की एक झालर तैयार होती जो ज़ियादहतर घरों में दरवाज़े के पास टँगाई जाती थी। उन दिनों के इंटीरियर में यह कार्ड-झालर मध्यमवर्गीय सौन्दर्यबोध का प्रतिनिधित्व करती थी।

•

सुबह से लगातार व्यस्तता बनी रही तो व्हाट्सएप्प भी नहीं चला। साँस लेने की पहली फुरसत मिली तो इण्टरनेट की बत्ती जलायी। पाँच सौ सत्ताईस अनरेड मेसेजेस!

उँहूँ! जवाब देना दूर की बात है, देखना भी भारी लग रहा है। जैसे किसी ने इन्फ़्रारेड की इन्विज़िबल रस्सी से गला घोंटने की साज़िश रची हो और इससे बच निकलने की कोई जुगत न मिल रही हो।

भतीजे को फ़ोन लगाया। उसे कहा मैंने,

➤ कि तू सिर्फ़ ज़ुकरबर्ग को जानता है, मैं उस समय का एल्बम हूँ,

जिस पर ऊपर लिखा होता था—स्वीट मेमोरीज़ और मुस्कुराहटें जिलेटिन कवच में महफ़ूज़ रहतीं।

- कि तूने केवल स्टेटस बदलते देखा है। मैंने सिगड़ी को गैस चूल्हे में, चिट्ठी को टेलीफ़ोन में और आदमी को मशीन में बदलते देखा है।
- कि तुझे नाम याद नहीं रहते कि तुझे किस-किस ने विश किया और मुझे नाम मालूम नहीं आज तलक कि साल-दर-साल इतने कार्ड्स भेज कर कौन विश करता रहा था।

"तुम एल्बम नहीं, डाक-टिकिट हो, बुआ! मेरे डाक-टिकिटों के कलेक्शन का सबसे पुराना डाक-टिकिट। आय लव यू! और हैप्पी दिवाली!"

४०.३

भोगे बिन भोग नहीं, जागे बिन जोग नहीं

जीना कोई मज़ाक़ नहीं
इसे पूरी संजीदगी से लेना चाहिए

—नाज़िम हिकमत

डेढ़-दो बरस पुरानी गर्मी की किसी दोपहर आशीष के साथ बैठी थी। उससे कह रही थी कि जो कुछ भी ज़ियादह हो रहा है, दरअसल वह हो रहा है कम। जैसे कि जीवन के यन्त्र इतने ज़ियादह हैं, जीवन कम।

क्रान्ति के बैनर-पोस्टर हज़ारों, परिवर्तन कम। जुकरबरगे के यहाँ दिल ही दिल, दिल में धड़कन कम। कविता में चिन्तन बहुत, चिन्ता कम। कोरस सप्तम सुर में, आवाज़ कम। आशिक़ हर गली में, प्रेमी कम।

यह शोध की बात है कि जो भी प्रचुर है वही कम। आख़िर किस जतन से जीवन यह विरोध रचता होगा अपने प्रति। ढूँढ़ मची तो धीमे-धीमे उत्तर से झीना पर्दा भी उठा। यही जीवन की सबसे बड़ी सुविधा है। जो ढूँढ़ो वह मिलता ही है। न ढूँढ़ा जाय तो ज़रा कम समय में मिल जाता है। जीवन की यातनाओं को भोगे बिना जीवन के व्यंजनों का भोग सम्भव नहीं। 'भोगना' हमारी भाषा का बड़ा समृद्ध शब्द है। यमक के लेंस से देखो तो लगता है कि अर्थ दूर-दूर है, पर्दे के पीछे बात वही।

तो सवाल वही कि जो प्रचुर है वही कम। बड़ी पहेली।

कुछ महीनों की कड़ी ढूँढ़ में कुछ कड़ियाँ हाथ लगीं। जीवन के पनीले पते मिले। पते की बातें पता चलीं कि भाई! ये सब बड़ा मज़ेदार खेल है। जो प्रचुर दिख रहा है, वह प्रचुर नहीं, उसकी मिमिक्री है। अमिताभ बच्चन की आवाज़ में राजू श्रीवास्तव है। लता ताई की आड़ में वंदना बाजपेयी है। किशोर कुमार के मास्क में बाबुल सुप्रियो है। झंकार बीट्स इतनी झनाकेदार रखी गयी है कि असल और मिमिक्री का भेद न मालूम चलने पाये।

"तो अब प्रचुर कहाँ से उगाया जायेगा?"
'पञ्चकवल' में किट्टू ने पूछा था।

"तुम्हारा प्रचुर कहाँ उगेगा, यह किसी से भी पूछ के अपना शॉर्टकट न निकालो। अपना आप ढूँढ़ो नहीं तो झंकार बीट्स के सहारे जीवन भर दूसरे की आवाज़ की मिमिक्री करते रह जाओगे।" उन लोगों को उत्तर मालूम है, पर पूछताछ के सिलसिले बनाये रखने में उन सब को मज़ा

आता है। मैं भी तो ख़ूब पूछताछ करती हूँ नदियों से। बिना झुँझलाहट के मुझ तक उत्तर आता है। जब-जब उत्तर नहीं मिले, रेवा में बाढ़ आयी है। बहुत बाद में बात खुली कि बेटा बाबुषा! बाढ़ भी माई का उत्तर ही था।

बात खुलती रहे इसके लिये अपने अखरोट बराबर दिल को खोल के धरती पर धर देना होता है। इस खुले हुए दिल को यूँ दर-ब-दर धर देने के ख़तरे कम नहीं। धूप-बारिश, आँधी-तूफ़ान तक तो ठीक, लेकिन आदमी-औरतें, शैतान-भगवान, मूर्ख-विद्वान सब टूट पड़ते हैं। हालाँकि नुकसान ज़ियादह होने नहीं पाता। कारण ये कि अखरोट की सख़्त त्वचा आप अपना बचाव कर लेती है। खुले हुए हिस्से पर मौसम अपने स्वाद गढ़ता है। वही स्वाद जीवन के सारे मौसमों के पते बताता है।

मुझे मौसमों ने यही ख़बर दी कि प्रचुरता जीवन की अनिवार्यता है। दुःख हो तो प्रचुर, सुख हो तो प्रचुर। आँसू, हँसी, चिढ़, विवशता, खीझ, क्रोध, लालसा, प्रेम, माँग, पूर्ति सब प्रचुर। सौ फ़ीसदी के लेन-देन में जब काँटा न काटो तो जीवन मूसलाधार बरसता है। जीवन जब घनघोर भिगोता है, तब एक-एक छींक सूत्र बनती है। बिना प्रचुरता के सम नहीं आता। छद्म प्रचुरता के इतर हमारे चारों ओर जो सम दिखायी देता है, कई जगह वह भी छद्म जान पड़ता है, सन्तुलन का स्वांग है। भोगे बिन भोग नहीं, जागे बिना जोग नहीं।

आख़िर नाज़िम ने यूँ ही तो नहीं कहा था कि, *"जीना तुम्हारा मुकम्मल कारोबार होना चाहिए।"*

४०.४

ईश्वर की फ़ेक आई-डी

मैंने सुना, देखा कि बेंटेक्स को इस्तेमाल करते हैं लोग सोने के गहनों की वैकल्पिक व्यवस्था के लिए। डालडा आया शुद्ध घी के बाद। मिमिक्री आर्टिस्ट आते हैं मुख्य अभिनेता के पीछे। शंकर की नगरी काशी के पण्डे ठगते हैं सबसे ज़ियादह। इलाहाबाद के घाट में इक्कीस रुपये से इक्कीस हज़ार तक में बिकता है मोक्ष।

जीवन में बहुत कुछ नक़ली है। लेकिन नक़ली का एक यह अर्थ भी खुलने की माँग करता है कि पीछे कहीं किसी असली बात की सम्भावना है। कुछ है जिसकी नक़ल तैयार की गयी। कोई ऐसा सत्य है सम्भवतः, जिसकी फ़ोटो कॉपी की जा रही है, बेची जा रही है।

यह शोध की बात है। शोध से भी अधिक बोध की बात। और यह बोध बड़ा हौसला, धैर्य और सूर्य के प्रकाश से पैदा दृष्टि माँगता है। वह दृष्टि, जो आँख मूँद कर देख सकती हो।

डायनासोर नहीं देखे मैंने। जहाँ-तहाँ बड़ी-बड़ी दीवारें सम्भाले भूरी छिपकलियाँ देखीं। स्पिलबर्ग की 'जुरासिक पार्क' देखी। 'एनिमल प्लैनेट' में सीरीज़ देखी, जीवाश्म देखे। मैंने भरोसा किया कि होते रहे होंगे डायनासोर। अन्तरिक्ष जाकर देखे नहीं मैंने ब्लैक होल, 'डिस्कवरी' में ही देखती आयी, किस तरह कितनी-ही चमकीली चीज़ें घुप्प से ब्लैक होल में समाये चली जाती हैं।

प्रेम में देखा : ब्लैक होल में घुप्प से गुम जाने के बाद का अँधेरा और प्रकाश।
मैंने ब्लैक होल के अस्तित्व पर भरोसा किया।

४०.५

जोग ठगौरी ब्रज न बिकैहे

वह जो चैतन्य है, उसकी बात कैसे जड़ हो सकती है? ऐसे किसी के बयान से ज़ियादह उसकी समझ पकड़ने की चीज़ होती है। दिक़्क़त ये है कि बयान गौरैया है, लोग बहेलिये बन जाते हैं। आस्तिक और नास्तिक दोनों ही मान्यताओं से बँधे हुए हैं। जैसे ईश्वर का होना एक मान्यता है, न होना दूसरी मान्यता। खोजा किसने?

अब रही बात ईश्वर की खोज की, तो वह नितान्त निजी यात्रा है। यात्रा के दौरान लोग खिड़की से यहाँ-वहाँ झाँकते भी हैं, कोई दृश्य देख कर अहा! भी कह उठते हैं। जब तक सहयात्री देखे, ट्रेन आगे बढ़ जाती है। न ही अहा कहने वाले अहा! करना छोड़ेंगे, न ही कहाँ? कहने वाले कहाँ कहना छोड़ेंगे।

''अहा!''
''कहाँ भई कहाँ?''

कान्हाजी की दुष्टिन गोपी उद्धवजी से कहती है,

''जोग ठगौरी ब्रज न बिकैहे
मूरि के पातिन के बदलै, कौ मुक्ताहल देहै''

बस! यही 'अहा! मोमेंट' है। यही 'कहाँ? मोमेंट' है।

गौरैया नहीं है कि पकड़ कर पिंजरे में बन्द कर रक्खें। रंग-बिरंगी दो तितलियाँ है, निहारो। परिन्दे पकड़ने से भेद नहीं खुलते, निहारने से खुलते हैं।

४०.६

हवा से पत्ते की पहचान का ढंग है, पत्ते का काँपना

किसका ज़ोर चलता है हम पर, किसके सामने हमारा ज़ोर कम पड़ता है? ज़िन्दगी और है ही क्या उस ज़ोर की चोट खा लेने के एक मौक़े के इलावा? लेकिन हम हैं कि नक़ली ज़ोरबाज़ी के चक्कर में वो मौक़ा गँवा बैठते हैं। हम, जो अपनी सालगिरह के दिन ज़िन्दगी में दाख़िल होते हैं और कसरतें करते-करते किसी रोज़ बीत जाते हैं। इतने मज़बूत थे तो मर नहीं जाना था। ये दिमाग़ी कसरतें, मज़हबी इबादतें, पण्डित-मौलवी, नजूमी-बैद किस काम के निकले जो ये मौत के चंगुल से छुड़ा भी न सके? फिर यहाँ अब्दुल शाह लतीफ़ याद आ जाते हैं। वो कहते हैं कि,

> *''जो मृत्यु के पहले मर जाता है*
> *मृत्यु उसे कभी नष्ट नहीं कर सकती।''*

इन्हें क्या इल्हाम हुआ ? मौत के पहले कैसे मरना है ? मौत के बाद कहाँ जाना है ? दुबारा आना है ? सब कुछ आख़िरी है ? कि सब कुछ पहला है ? कि न पहला न आख़िरी है ? बस ! यह है। लेकिन यह क्या है ? क्या यह फ़ाया-कुन हो जाने का सफ़र है ? लेकिन नहीं। फ़ाया-कुन भी हो, तो सुना-सुनाया नहीं। उधारी का ऐलान-ए-अनलहक नहीं। अपने ज़ख़्म, अपने मरहम, अपनी राह, अपनी निगाह, अपने नज़ारे, अपनी हक़ीक़त, अपनी मुहब्बत, अपनी सोहबत। जवाब सारे अपनी ही पिछली जेब में रखे होते हैं, जहाँ हम अक्सर देखते ही नहीं। किसी मदरसे, किसी किताब, किसी मुर्शिद के पास नहीं खुलने वाला ये राज़ कि,

सब्ज़ा-ओ-गुल कहाँ से आये हैं
अब्र क्या चीज़ है, हवा क्या है ?

बिरला सीमेंट हो क्या, जो मज़बूत होना है ? पीपल की पाती रहो, डोलो मन्द-मन्द, चलने दो हवा का ज़ोर ख़ुद पर। टूटो, गिरो, मिट्टी में मिलो, फिर उगो।

शायद कुछ बात बने।

४०.७

वहाँ सलाम को आती है नंगे पाँव बहार, खिले थे फूल जहाँ तेरे मुस्कुराने से*

कुछ देर से ही सही, पर इस ख़तरे की ओर लोगों का ध्यान अब जाने लगा है।

इमोटिकॉन्स, स्माइलीज़ या मशीनी अभिव्यक्तियाँ मनुष्य समाज के

बड़े संकट के रूप में रेखांकित होने लगे हैं। इस तथ्य के आलोक में यह बात और भी अधिक प्रामाणिक हो जाती है कि इन ख़तरों की ओर ध्यान आकर्षित करवाने वाले लोग कोई और नहीं बल्कि इन्हीं मशीनी अभिव्यक्तियों के निर्माता हैं।

हम इसे आसानी से समझ नहीं पाते। स्माइलीज़ से ख़तरा? इस रिसर्च में कुछ गड़बड़ी होगी। हम निर्णायक लोग हैं। शीघ्र से शीघ्र किसी वक्तव्य पर भरोसा कर छुट्टी पा लेना चाहते हैं। ठहर कर देखने या महसूसने के लिये जो समय और धैर्य चाहिए, वह हमने साइबर कैफ़े के केबिननुमा खोपचों में बरसों पहले नीलाम कर दिया था। अब बहुत देर हुई।

काँधे के ऊपर स्ट्रेट फ़ेस लटकाये लोगों को हँसी से बेहाल हो जाने वाली स्माइली बनाते पाया जा सकता है। और फ़ीफ़ा देखते, बर्गर खाते किसी टेम्परेरी ख़ुशहाल पेटू को रोने वाली स्माइली देते भी। इसी तरह और भी कई उलट-पलट स्माइलियाँ। बाज़दफ़ा मूड से मैच करती स्माइलियाँ पोस्ट भी की जाएँ तो उनसे पैदा ख़तरा कम छोटा नहीं। किसी एक इमोशन का उछाह, उसकी धड़क एक स्माइली में बन्द! ऐसी अभिव्यक्ति, जिसने कोई सनसनाहट नहीं पैदा की, जिसने तरंग से तरंग को घिसा तक नहीं, जिसमें कोई ध्वनि नहीं, जिसे पलट कर कोई देखने वाला भी नहीं। बस! एक मशीनी क्रिया या प्रतिक्रिया।

यह भ्रामक दुनिया हमारी ही बनायी और चुनी हुई है।

केरल ट्रिप के दौरान सृष्टि ने पूछा था। याद है, विशु?

"अच्छा फ़र्ज़ कीजिये कि कोई हज़ार बरस बाद अपनी निष्क्रियता के चलते हमारे भावों को अभिव्यक्त करने वाली मांसपेशियों की

मैन्यूफैक्चरिंग बन्द हो गयी तो लोग कैसे हँसा या रोया करेंगे? तब चेहरे किस तरह के दिखा करेंगे? क्या मन के मौसम हुआ करेंगे?''

''लो! किसी दिन कोई सितारा अपनी सेल्फ़ी खींचेगा, बिजली चमकेगी, पानी बरसेगा। कोई जंगल तिरछी मुस्कान बिखेरेगा, सुन्न मांसपेशियों में हलचल होगी। लोग बारिशों में भीगने बाहर निकलेंगे। नज़रें टकरायेंगी नज़रों से, आवाज़ें आवाज़ों को सहलायेंगी। कुदरत दुबारा खिलखिला के हँस पड़ेगी। अँधेरों में छुप कर रोने वाले प्रेमी मिलेंगे। असली दुनिया के कारखाने में सच्चे वाले मन के मौसम फिर बनेंगे।''
मैंने कहा था।

---

*जनाब अहमद मुश्ताक साहब का शे'र।

४०.८

ज़िन्दाबाद मत करो, ज़िन्दाबाद बनो

उनका क़िस्सा न पूछो। वे सामान्य बात भी करते तो यूँ लगता था नारा लगा रहे हैं। मुझे हमेशा उनके हाथ में एक अदृश्य बैनर, पोस्टर या झण्डा नज़र आता था। जैसे ही वे घर पहुँचते, मैं नमस्ते, सुप्रभात या किसी भी अभिवादन की बजाय उनसे कहती, ''चाचू ज़िन्दाबाद! मुर्दाबाद! हैदराबाद! अहमदाबाद!''

उनका जीवन उनके नारों से कतई दूर था। सो, मेरा ह्यूमर उन्हें बेहद नागवार गुज़रता।

तुम देखो कि दुनिया में इस तरह से नारा लगाने वालों की संख्या दिनों-दिन बढ़ रही है। जबकि गले लगाने वालों की संख्या लगातार कम होती दिखती है। मैं ऐसे कई नारेबाज़ों को जानती हूँ जो मुद्दे ख़त्म हो जाने पर चुन-चुन कर गले लगने-लगाने वालों के ख़िलाफ़ ही नारे लगाने लगते थे। कुछ गले लगाने वालों को भी जानती हूँ जो कमज़ोर और शोषित के साथ-साथ उन्हें भी गले लगाते थे जो उनके ख़िलाफ़ नारे लगाते थे।

इस बात को समझ लेना। मूल में मुद्दा नहीं है। मूल में है नारा लगाने या गले लगाने की प्रवृत्ति।

इस अन्तर को समझ जाओगी तो तुम पर नयी बात खुलेगी। किसी विचारधारा या व्यक्ति के पक्ष या विपक्ष में नहीं। बात खुलेगी समझ के पक्ष में, स्नेह के पक्ष में, असहाय के पक्ष में, करुणा के पक्ष में और सबसे अधिक तुम्हारे स्वयं के आन्तरिक विस्तार पक्ष में।

एक और बात, विस्तार की परिभाषा को एक बार और टटोला जाना चाहिए। क़िस्म-क़िस्म की सूचियों में शामिल हो जाना विस्तृत हो जाना नहीं है, वह तो सीमित होना है। जिसकी उपस्थिति से जीवन के तमाम फूलों की सुगन्ध आये, मेरी दृष्टि में वही विस्तृत है।

तुमने चाहा था कि कॉलेज के नारा लेखन और भाषण प्रतियोगिता में मैं जज की भूमिका निभाऊँ। मुझे नहीं लगता कि मैं इसके लिये उपयुक्त हूँ। स्कूल-कॉलेज की प्रतियोगिताओं को काग़ज़ी कार्यवाही भर मत बने रहने दो। ये जगहें मनुष्यों की गढ़न की भट्टी होनी चाहिए।

तुम थोड़ा मेहनत करो। किसी ऐसे जन को ढूँढ़ो जो सड़क पर अकेला चलता हो तो लगे कि जीता-जागता नारा चल रहा है। कोई लपट हो— खरी और सच्ची। ढूँढ़ो कोई ऐसा, जिसे अकेलेपन का ख़ौफ़ न हो,

जिसकी चाल में ऐसी जुर्रत, ऐसी ताक़त हो कि पीछे चलता वक़्त अपनी चाल बदल दे।

नहीं मिलता कोई ऐसा? तुम बनो।

४०.९

अल्केमिस्ट

यह नितान्त निजी चुनाव है कि हम जीवन में क्या होना चाहते हैं और हम ठीक वही होते हैं, जो हम होना चाहते हैं। जीवन की पीड़ाएँ हमारे होने के चयन को अवसर देने घटती हैं।

●

तुम जब भी निकलती हो किसी लम्बी यात्रा में
दिन है कि अंगार बरसाने लगता है

ओ री कोमला!

मौसम की मार से मत कुम्हलाओ
आँखों से काट लो गोल-गोल सोने की मुहरें
उन अछूत बस्तियों में लुटा आओ
जहाँ पहुँचने में सूरज महाराज की हेठी होती है

फट गयी कविता की डायरी?

काग़ज़ की नाव बनाओ
खिड़की से झाँकने की मनाही है जिस औरत को
अब के सावन उसे नाविक बनाओ

भूख से मर रहे कितने बच्चे
छाती में भरी है जितनी मवाद
उसे दूध बनाओ
रोओ तो धूप झरे आँखों से
हँसो तो बारिश हो जाय
फट जाये छाती तो बह निकलें दूध की नदियाँ

खुलने दो मन का मैदान
सन जाओ हवा-धूल-मिट्टी में
छिले घुटने पर बाँधो बादल
लहू सोखने दो
पृथ्वी को बदल दो नीली गेंद में
खेलो, खिलो, खुलो, खलो

जाओ!

स्लेट पर लिखी बासी-गाढ़ी इबारतें
थूक से छुटाओ
अपनी कीमियागर आप हो जाओ।
अस्तु

४०.१०

प्रेम के अवसर बढ़े हैं इस दौर में, प्रेम नहीं

दरअसल इसे सर्वसुलभ होना था, इस पर सबका अधिकार होना था, इसे राशन में बँटना था, लेकिन इसके तुग़लकी रवैये के चलते इसे दुर्लभ ही रह जाना है। बावजूद इसके मैं इस बात पर क़ायम हूँ कि इसकी नन्ही कोठरी के आले में ही जलती है वह ढिबरी, जिसकी रोशनी से कटते हैं दुनिया भर के अँधेरे।

तुम देखना कि प्रेम के अवसर बढ़े हैं इस दौर में, प्रेम नहीं। यह घनघोर बरसात के बाद खेल में लगाया गया *डकवर्थ लुईस* का नियम नहीं है कि अवसर की ओट में हार-जीत तय होती रहे। यह एक बेहद संगीन क़िस्म की नैतिकता है, जहाँ किसी अवसर का शिकार नहीं किया जाता बल्कि शिकारी की बन्दूक़ की नोक पर जीने का अवसर पैदा कर लिया जाता है।

ज्ञान के भार से बूढ़े होते पण्डित-शास्त्रियों का नहीं, मिट्टी खेलते बच्चों का सिलेबस है प्रेम। यह हर दिन अपने भीतर किसी शिशु का जन्मना है जो अपनी टुकुर-टुकुर नज़रों से नयी-नवेली-सी दुनिया को निहारता है, छिन-पल में रो पड़ता है, नींद में हँसता है, घुटने छिलवाता है, आग से भयभीत नहीं होता, सोते-सोते बिस्तर से गिर पड़ता है, दुनिया को अपने थूक का गुब्बारा समझता है, जब-तब फुलाता है, फोड़ देता है।

प्रेम गहन एकान्त में हुआ वह बम विस्फोट है, जहाँ आप अपने परखच्चे उड़ते हुए देखते हैं। किसी कविता में इसकी रपट दर्ज कर देते हैं। फिर किसी आतंकवादी को वह कविता सुनाते हैं और फ़ना हो जाते हैं।

४०.११

सत्य वह सब कुछ है जो वह नहीं हो सकता है

दर्शन क्या है?

क्या यह एक लम्बी कतार में खड़े होकर माँ वैष्णोदेवी को आस्था भरी दृष्टि से निहारना है या मानकुँवर बाई कॉलेज की फ़िलॉसफ़ी क्लास है? क्या दर्शन फ़ेसबुक पर साझा किये जाने वाले कामू और सार्त्र के फ़लसफ़े हैं? नहीं विशु।

दर्शन, दरअसल दर्शन के लिये लगी कतारों को तोड़ना है या फ़िलॉसफ़ी की क्लास के बाद अपनी कल्पनाओं से जूझना है। दर्शन, कामू और सार्त्र से लगातार भिड़ते भी चलना है। दर्शन, किसी के कहे से मानना नहीं है, अपने देखे से जानना है। सुनना या सुने हुए का अनुसरण करना सरल है। देखना, ख़ुद को देखना, ख़ुद से देखना थोड़ा चुनौती भरा काम है।

दर्शन के सिद्धान्त समझे जा सकते हैं, दर्शन नहीं। यह विषय नहीं, स्थिति है। निरन्तर देखने से बनी स्थिति। दर्शन किया नहीं जाता, यह होता है और यह मुफ़्त में कभी नहीं होता। अपने जीवन में ख़तरनाक़ बाज़ियाँ लगा डालो तब कुछ सूत्र हाथ आयेंगे। उन्हें लिख डालो पर उन्हें शाश्वत सूत्र मत मान बैठना। अपने ही नियम-क़ानून खण्डित होते देखो, हर नयी साँस में एक ताज़ा सूत्र रचो। क्षण की दृष्टि से स्वयं को रचो। क्षण में ही सत्य का छुपा हुआ कण होगा कहीं।

मैंने सुना कि किसी नन्हे-से कण से ही फूट कर निकल आया था आकाशगंगाओं का असीमित वैभव।

कवि आधे दर्शन में ही कविता लिखने बैठ जाता है, शायद इसीलिए संसार भर की कविताएँ अधूरी-सी हैं। दार्शनिक के पास कविताएँ नहीं हैं, दृष्टि है। दृष्टि से जन्मे सूत्र। कवि घाट पर बैठा नदी पर पत्थर फेंकता रहता है। विचारों के पत्थर। कविता, पानी में पत्थर फेंकने से बना भँवर है। दार्शनिक नदी की ओर देखता रह जाता है। अक्सर घाट छोड़ने के पहले वह अपने सूत्र भी नदी में बहा आता है। यह तो निठल्ली दुनिया है जो उसकी दृष्टि के तिया-पाँचा में भिड़ी रहती है।

विशु,
सत्य बेहद लचीला है।
वह तो असत्य है जो अमिट है, कठोर है, अपरिवर्तनीय और जड़ है।
सत्य वह सब कुछ है जो वह नहीं हो सकता है।
सत्य हेराक्लिटस की वह नदी है जिस पर दुबारा नहीं उतरा जा सकता।

तुम अपनी आँख में निकल आयी सतबरिया बिलनी की पीड़ा को महसूस करना, अपनी अँगुलियों की रगड़ से अपनी आँखों को गर्माहट देना और आँखों को लगातार खुला रखने का अभ्यास करना।

तुम नदियों पर पत्थर मत फेंकना, नदी को देखना।

हालाँकि विशु, मैं तो न ही धार्मिक हूँ, न दार्शनिक, न ही आध्यात्मिक। मैं स्वभावतः खोजी हूँ। और मैंने खोजा सत्य का एक छोटा-सा टुकड़ा कि जीवन में थोड़ा-सा प्रेम भी दृष्टि को गुलाबजल की तरह ही स्वच्छ कर देता है।

दर्शन के लिये तुम दृष्टि को पात्र बनाना।

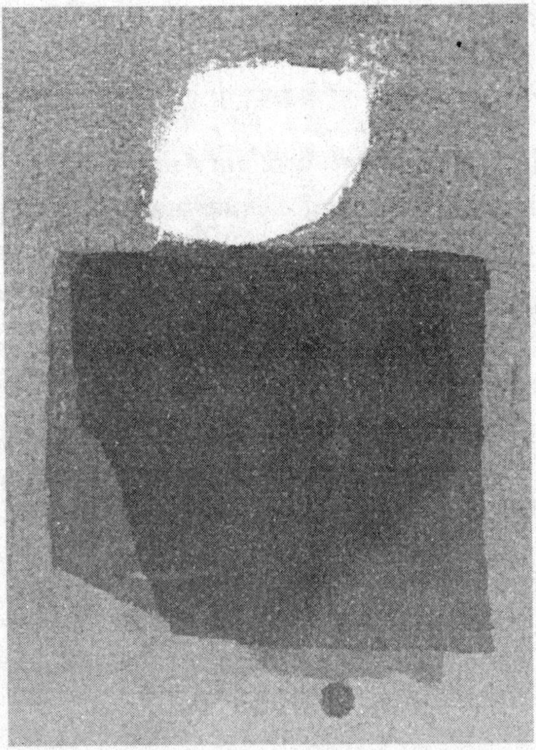

४१

प्रेम मसहरी दिल मच्छरों से ओट

इधर पीछे के कुछ बरसों में मनुष्य बुरी तरह से सुविधाभोगी हुआ है। दैनिक जीवन में, अभिरुचियों में, सम्बन्धों में, भावनाओं में। लगभग हर जगह। उसे सब कुछ सहज उपलब्ध रहे। कोई चुनौतियाँ न रहें। घर्षण न हो, तनाव न हो, दबाव न हो। सामान्य गति से चलते संसार में जीवन के सारे सूत्र खुल जाएँ। दो बूँद पोलियो ड्रॉप की तरह सुरक्षित जीवन मुफ़्त में मिल जाय। ऊपरी माले पर सोचने-समझने की शक्ति सुरक्षित रहे, सीने में दिल की धड़कन अपनी गति से चलती रहे। बिना कोई ख़तरा उठाये सब एक साथ सधा रहे, साधो!

मैंने सुना एक बिन-तुग़लक को अपनी प्रेयसी से यह कहते हुए,

"तुमसे प्रेम इसलिए किया था कि मेरी समस्याओं के बीच कुछ आराम मिलेगा, इसलिए नहीं कि तुम जीना हराम कर दो।"

नहीं भई! आप समझिये! जीना हराम करने वाला आपका प्रेमी या प्रेमिका नहीं। यह तो प्रेम है, जो जीना हराम करता है। और यह कम्बख़्त! ऐसा करता ही है। न करे तो बात अभी चौबीस कैरेट है नहीं। आरामतलबी के लिये प्रेम? उँहूँ! गड़बड़ है।

ऐन यहीं से नर्मदा जी के किनारे बसने वाले लोग व्याख्या उलट देते हैं।

वह प्रेम नहीं है जो मसहरी बन आपदा-रूपी-मच्छरों से बचाने आया है। बल्कि प्रेम की तो पहचान ही यह है कि वह स्वयं मच्छर-अवतार

में चला आया है। आप सीधे खड़े होकर बताइये ज़रा राष्ट्रगान की मुद्रा में, आपको झुक कर घुटने खुजलाना पड़ जायेगा। पहले-पहल यह मच्छर रक्त पीता ही है। इसके बिना बसर नहीं। इससे कम जो भी है, वह चन्द दिनों की चलताऊ सुविधा है, लाइफ़टाइम रिचार्ज के ऊपर विशेष अवसरों पर सौ रुपये का टॉप-अप है।

'मैक डी' से पिज़्ज़ा नहीं ऑर्डर किया आपने कि आपके हिसाब का मिलेगा और तीस मिनट में मिलेगा। प्रेम है यह। इसकी तबियत शाही है। अपनी मर्ज़ी से आयेगा, कविता लिखवायेगा, गीत गुनगुनाना सिखायेगा, आप ज़रा बेसुरे होने की हिम्मत कीजिये, कान खींचेगा, सज़ाएँ सुनायेगा, आपकी कातरता पर हँसेगा, जब तक मर्ज़ी आये, रहेगा। लौट जायेगा।

पहचानो इसे,
बाड़ी है यह प्रेम की कौनो ख़ाला का घर नाहीं।

नहीं। कोई प्रेम आपके जीवन में सुविधा देने नहीं आता। बल्कि वह तो सारी सुविधाएँ ध्वस्त करने आता है। दुविधा पहली कसौटी है कि अपने सम्बन्ध के प्रति कितने गम्भीर हैं। पर्चे पर यही तो एक प्रश्न बचा है कि कितने गम्भीर हो? कहो भाई? चुप क्यों हो? और कहो नहीं, साबित कर के दिखाओ। और साबित कर भी गुज़रो तो कोई आवश्यक नहीं कि नम्बर पूरे बटे पूरे मिलें। न कहो फ़ेल हो जाओ।

यहाँ ऐसा ही है सब गड्डमड्ड।

दिखता है दूर से ग्यारह के पहाड़े जैसा, पढ़ने बैठो तो दायें गाल पर पड़ता है एक चटाक! क्यों बेटा, सत्रह तिया कितना? अब बताइये सत्रह तिया कितना। नहीं आता तो खाइये चमाट।

रहम कीजिये अपने प्रेयस/प्रेयसी पर। उसने नहीं पहुँचाई आपको चोट, छड़ी दरअसल प्रेम के हाथ है। वही है असल मास्टरजी। वही खड़ी कर रहा है दुविधा। कहाँ तो आप सुविधा के लिये इस नामुराद के पास आये थे, यहाँ तो छड़ी पर छड़ी।

बोलो बेटा, सत्रह तिया?

आधे से ज़ियादह सम्बन्ध सत्रह तिया पर ही ढह जाते हैं। अब देखें कि दुविधाओं पर कितनी ही कविताएँ हैं, कहानियाँ हैं, फ़िल्में हैं। प्रेम न हुआ दुःख का दड़बा हुआ, जहाँ साँस घुटी जाती हो, पर जाने किस आस पे ठहरे चले जाते।

ठहरो।
हिम्मत करो, ज़रा और ठहरो।

जो ठहरता है दुविधाओं पर, वह जानता है कि कोई प्रेम सुविधा नहीं देता। वह देता है—स्थायी सुख। मगर बात यों है कि प्रेम के सुख का खेत जहाँ है, उसके पहले दुविधाओं के पाँच दरिया पड़ते हैं।

तुम प्यारे! अभी सुविधा में अटके?

४२

दुनिया भर की मुस्कराहटों के लिये ही नहीं हैं क्या क्रान्तियाँ सारी?

तुमने पूछा कि कहाँ ग़ायब हूँ इन दिनों? ग़ायब होकर ही तो तमाम जगहों में हो पाने की जुगत बन पाती है

बच्चों से क़िस्से कहे अली और मरियम के, हंसा और रम्भा के, कोनी और जिम के भी, शंकर और जीसस के भी। दूसरी फ़िल्म की स्क्रिप्ट पूरी की। अग्निदेव को चढ़ाई कविताएँ कुछ कच्ची-पक्की, चन्द्रदेव पर ढारते रहे जल कई रातों, स्वप्न माँजे।

घूँघट को तोड़ कर जो सर से सरक गयी वाले वासु-सपना को सलाम भेजा रिपीट मोड पर किसी जुमेरात। पुराने पुर्तगाली प्रेमी का नाम लिखने की कोशिश की पेड़ की पीठ पर, आधा ही अक्षर लिख पायी, लगा पेड़ को दुखता होगा, छोड़ दिया नाम वहीं अधलिखा, बात पूरी हो गयी।

सात बरस के बच्चे से हारी साँप-सीढ़ी में, निन्यानवे से उतरी नौ पर, ठहरी देर तलक, सबक बाँधा दुपट्टे के छोर में, जीवन का आभार व्यक्त किया।

किताबें उलटी-पलटीं, ऊब हुई। पुराने ड्राफ़्ट फाड़े, ख़त लिखे, धुन रोपी सिंथेसाइज़र पर, हज़ारों रंग के नज़ारे बनते देखे, शशि को याद किया दिनों-दिन तक। एक दोस्त से कहा,

''मृत्यु और सेक्स इण्टरनेट-एज के सबसे बड़े क्लीशे निकले। जीवन नष्ट हो जाता है, अगले दिन तक उन्यासी बरस के कलाकार की रची हुई स्मृतियाँ भी मिट जाती हैं। मन की लहक भी क्षीण इतनी कि लपट नहीं उठती उस काग़ज़ से जिस पर नाम लिखे दोनों ने अपने और काँपे थे उँगलियों की अनायास छुअन भर से।''

वह बोली,

''प्रेम के लिये समय कम बचा अब, साँझ वाली चाय-बिस्किट में ही निपटान हो रहे तो बेहतर, बड़ी लड़ाइयाँ हैं लड़ने को जीवन में।''
इसके ठीक बाद हम दृश्य में कोरियन तानाशाह की सनक भरी उपस्थिति पर अफ़सोस जताते रहे देर तक।

·

एक क्रान्तिदूत दोस्त को मैंने ग्राउचो मार्क्स की याद दिलायी। ग्राउचो, जो कहते हैं,
''यह चाहे जो हो, मैं उसके ख़िलाफ़ हूँ।''

हम हँसे कम-अज़-कम तीन रोज़ इस बात पर। मैंने बताया उसे कि हँसते-मुस्कुराते हुए एक्टिविस्ट भले लगते हैं। और फिर दुनिया भर की मुस्कराहटों के लिये ही नहीं हैं क्या क्रान्तियाँ सारी?

जिस दुपट्टे में बाँधा था सबक, रँगरेज़ के पास छोड़ आयी। कोहरे के बीच खेली होली, आज रंग है री मा रंग है—कत्थक की चार ताज़ातरीन मुद्राएँ साधने में डुबोया तन, श्वेत-श्याम छबसे पोछ लिया माथे की सलवटों के बीच जमा रंग भरा स्वेद।

कविताएँ लिखीं कम, बहुत किया प्रेम।
इन्कम टैक्स का फ़ॉर्म भरा नहीं अब तक।

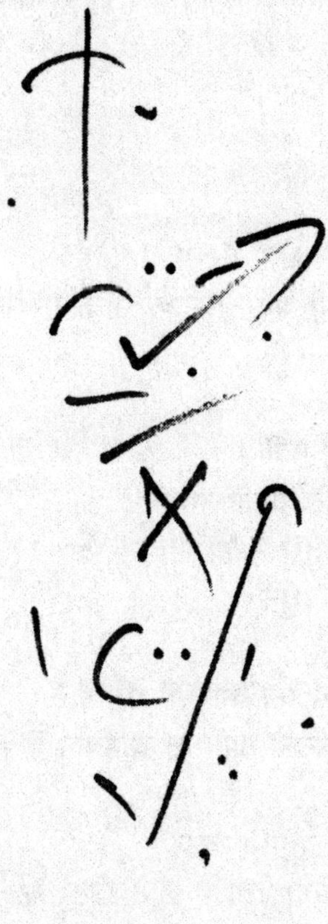

४३

ब्रह्माण्ड नाम के महाजन से शून्य का हिसाब है प्रेम

काश!
कि जितना बारूद है संसार भर में
उससे ज़्यादा हों प्रेयसी की नाक के मोती पर लिखे गीत

जितने मसौदे नहीं
समझौते नहीं सन्धियाँ नहीं
उससे ज़्यादा हों तितलियों के रंग
जितने मन्त्री न हों सन्तरी न हों
अफ़सर नहीं उतनी हों धुनें

माना कि बड़ा ज़ोखिम का काम है प्रेम
फिर भी ये ज़ोखिम उठाये जाने के क़ाबिल है

जिस तरह ज़हर काट देता है ज़हर
वैसे ही बड़ा ख़तरा मिटा देता है छोटे ख़तरे का अस्तित्व

इस नियम के हिसाब से तीसरे विश्व युद्ध के ख़तरे को
हमेशा के लिये ख़त्म भी किया जा सकता है
नाक के छोटे से एक मोती की चमक से

प्रेम
जो गुरुत्वाकर्षण के गुर को सुन्न कर सकता है
प्रेम उम्र भर का रतजगा है
मृत्यु वाली नींद की गोली है प्रेम
संसार नाम के माइग्रेन का इलाज है प्रेम
जो अनन्त है
जो अपरिमित है
और फिर भी है शून्य
ब्रह्माण्ड नाम के महाजन से उस शून्य का हिसाब है प्रेम

पता है बतूते, कभी-कभी तो ये तक लगता है कि कहीं धरती पर धड़ाम से गिर न पड़ूँ या उड़ कर अन्तरिक्ष में गोते न खाने लगूँ। जहाँ भी कुछ देर ठहर जाती हूँ, ऐसा लगता है मानो पृथ्वी के उस हिस्से का गुरुत्वाकर्षण बल एकदम सुन्न पड़ गया हो।

ठहरना, अनन्त की यात्रा में चलना है। चलना, समय की गति में ठहर जाना।

तुम्हें क्या लगता है, मेरा तकिया चाँद का है? ज़रा मेरे बालों को हटा कर देखो! सिर पर चट्टानों की टेक से उभर आये गहरे निशान मिलेंगे। मैंने उन चट्टानों पर रातें काटी हैं जो छाती में अग्नि की फड़कती लौ सहेजे हैं। इनके मस्तिष्क में अवसाद की परतें जम गयी हैं। कभी-कभी ये आग्नेय-अवसादी चट्टानें कपास के ढेर में कायान्तरित हो जाती हैं। पार्श्व में जीवन का मद्धम संगीत बजता रहता है। और उधर तुम्हारी दुनिया के चतुर चितेरे समझते हैं कि रुई के नरम सिरहाने पर चिबुक टिकाये मैं विषुवत् रेखा के ऊपर रंगोली डाल रही हूँ।

तुमने कभी प्रेम किया है?

या बस यूँ ही जेब में लीचियाँ भरे हुए इस शहर से उस शहर घुमक्कड़ी करते फिरते हो ?

बतूता प्यारे ! तुम अपनी लीचियाँ वापस ले जाओ। धरती के किसी भी हिस्से में इनके छिलके फेंकूँ, ये उड़ कर आसमान में जा ही बिखरेंगे। मंगल–शनि की कक्षाओं में डूबते–उतराते हुए कहीं ये किसी सितारे की आँख न ज़ख़्मी कर बैठें। सूरज के माथे पर कहीं खरोंच न आ जाए।

बाहर ही बाहर घूमते हो तुम, इसीलिए तुम्हें नहीं मालूम कि बारिशें भी ज्वर में तपती हैं और ये भी नहीं कि तेज़ भागती नदी के पैरों में कभी मोच भी आ सकती है। तुम्हें सदियों से लगातार बैठे हुए पहाड़ की थकन का अन्दाज़ा नहीं। तुम आसमान टूटता देख विचलित होने लगते हो। जबकि तुम्हें चुप बैठ कर ये सब अपने ज़ेहन में गहरे धँसने देना चाहिए था। मामूली छींकों के लिये नहीं आते कोई चाराग़र। पहले तबियत से मर्ज पालो, फिर इलाज की चाह करना।

कोई–कोई दिन दुनिया का जो हिस्सा तुम्हारी आँखों के सामने से लहरा कर गुज़र जाता है, उसे नक़्शे में ढूँढ़ने की कोशिश मत करना। पहले बुख़ार, मोच, थकन, टूटन सहो तो पूरे बल से। बात तो तब है कि जब कोई हकीम ख़ुद बीमार का पता ढूँढ़े।

एम. एस. सुब्बुलक्ष्मी के कण्ठ से मीरा सुनो।

हरि तुम हरो जन की पीर
द्रौपदी की लाज राखी, तुम बढ़ायो चीर

भक्त कारण रूप नरहरि, धर्‌यो आप शरीर
हरिणकश्यपु मार लीन्हो, धर्‌यो नाहिन धीर

बूड़ते गजराज राख्यो, कियो बाहर नीर
दास मीरा लाल गिरधर दुःख जहाँ तहँ पीर

अटक मत जाना भजनों पर, भटक जाना। भटकते ही जाना, भटकते ही जाना और बस भटकते ही चले जाना। बाहर-बाहर घूम चुके हो बहुत, अब घूमो थोड़ा भीतर की दुनिया। सम्भव है कि मिल जाये तुम्हें भी वह नक़्शा जहाँ आसमानों से आयतें बरसती हैं और ख़बर लगती है कि ब्रह्माण्ड नाम के महाजन से शून्य का हिसाब है प्रेम।

४४

स्किज़ोफ्रेनिया, मुक्ति की नदी और खो-खो

अलमित्रा ने कहा—हमसे प्रेम के विषय में कुछ कहो। मसीहा ने सिर उठाया और सब पर शान्ति बरस पड़ी। उसने कहा—प्रेम का संकेत मिलते ही उसका अनुगामी बन जाओ हालाँकि उसके रास्ते कठिन और दुर्गम हैं।

और जब उसकी बाँहें तुम्हें घेर लें, समर्पण कर दो, हालाँकि उसके पंखों में छिपी तलवार तुम्हें लहूलुहान कर सकती है, फिर भी।

और जब वह शब्दों में प्रकट हो, उसमें विश्वास रखो।

—ख़लील जिब्रान

●

कि जैसे अन्तरिक्ष के ओर-छोर तक विस्तार था उस खेल के मैदान का।

मैं सहमी-सकुचायी किनारे खड़ी थी। वो खो-खो का खेल था। पहली बार देखा था तुम्हें उस रोज़ खम्भे के पास देव-मुद्रा में खड़े हुए। तुम मुझे पुकारते और मैं पीठ कर लेती। छिलने लगी थी पीठ उन याचनाओं से।

कितना तो लम्बा-चौड़ा मैदान है। मैं नहीं आऊँगी। हारना मेरी आदत

नहीं और तुम से जीत कर क्या करना? तुम हौले से मुस्कुरा देते।

कहते हैं वो कि क्या करेंगे जीत के तुम से
कुछ रह गया है अब भी, करने को बेख़बर

''इतने लोग हैं, किसी को भी ले जाओ वहाँ तक। मैं ही क्यों?'' मैं झिझक कर कहती।

मन के सबसे गुप्त द्वार से भीतर प्रवेश कर जाने वाली तुम्हारी आँखें कहतीं।
''न। और कोई नहीं। बस, तुम ही।''

जैसे ज़िद ठान चुके थे कि मेरे साथ ही खेलोगे ये होने और खोने का खेल और फिर ले जाओगे मैदान पार उस पवित्र नदी तक। तुम्हारी आवाज़ मेरा नाम भी छू जाय तो मैं कुम्हला जाती छुई-मुई की पत्ती-सी। कैसा आदमकद चुम्बक सामने खड़ा था और मेरे लहू का कुल लोहा जैसे फड़कता-सा था।

''बहाना है ये खेल वहाँ तक पहुँचने का। उस नदी तक।''
लापरवाही से बताते तुम जैसे कोई बात ही न हो और इधर जान हलक पर अटक आयी थी।

नदी? वो कौन सी नदी है? क्यों जाना है वहाँ तक हमें? मैं सोचती रह जाती और तुम मेरी कलाई पकड़ कर मैदान के भीतर खींच लेते।

एक नदी बहती थी मैदान के उस पार नौ रंगों वाली।

सोचती थी कि वहाँ के पानी में और कौन से दो रंग होते होंगे। उस नदी के बारे में सोचते हुए तुम ख़ुद डूब जाते और कुछ भी न कह पाते सिवाय इसके कि अनदेखे-अनछुए रंग हैं। पहुँचने का रास्ता भी ऊबड़-

खाबड़-अबूझ। एक खेल खेलना है आकाश-गंगाओं के ऊपर झमकते हुए तो कभी ब्लैक होल के गहरे गड्ढे के भीतर डूबते हुए।

''ये ख़ुद को खो देने का खेल है, सोनाँ। खो-खो का खेल। बचना मत। नदी तभी मिलेगी, और पहुँचना ही है नौ रंगों की नदी तक कि तुम्हें डुबकी लगानी है वहाँ। तुम ही हो वो चुनी हुई अभिशप्त राजकुमारी। उस पवित्र जल में स्नान के सिवाय कहीं मुक्ति नहीं।''

तुम्हारा सन्देश मेरे कानों से बहते हुए हृदय में उतरता और शुरू हो जाता खेल खो-खो का।

एक सीधी पंक्ति में उल्टी दिशाओं की ओर बैठे खिलाड़ियों के आर-पार होती हुई मैं दौड़ शुरू करती हूँ। मैं सप्तऋषि के ऊपर से गुज़रती हुई और मेरी देह रुई के फाहे सी उड़ती हुई बादलों के बीच। पलट कर तुम्हें देखती, मुझे पकड़ने का स्वाँग करते हुए आते मेरे पीछे-पीछे। हमारी नज़रें टकरा जातीं, बिजलियाँ हचक के चमकतीं और धरती पर मूसलाधार पानी बरसता।

हम हँसते जाते और बरसता जाता प्रेम का पानी। बूँदें बनतीं, धरती से टकरातीं, टूटतीं, खो जातीं।

हम आगे बढ़ते जाते। चारों ओर से बहे आते थे उल्का के छोटे-बड़े पिण्ड और हमें छू कर निकल जाते थे।

सीधी पंक्ति में बैठे हुए तुम्हारे हमशक्लों के आर-पार होती गुलाब की पत्ती-सी उड़ते हुए सप्तऋषि और हाइड्रस को पार कर गयी थी। कब पता था कि हमारी नज़रें टकराने से जो बिजलियाँ चमकी थीं, गिरेंगी वो मुझ पर ही। मैं खेल रही थी खेल खो-खो का कि धूल का गुबार उठने लगा। बड़ी लाल आँखों वाले तुम बवण्डर के बीच से चले आ रहे थे और मैं भाग रही थी बहुत तेज़। तुम्हारे मुँह से निकल रहे थे

नुकीले औज़ार और मेरी आत्मा से लहू रिस रहा था। तुमने मुझे जकड़ लिया था और अपने बड़े-बड़े नाख़ूनों से नोच रहे थे। मैं हक्का-बक्का घूमती पीछे तुम्हें देखने को और तुम वहाँ से मुस्कुराते थे।

कैसा मायाजाल?

मैं चीख़ती जाती थी मेरी जान बख़्श दो। तुम्हारे इस मायावी रूप से छिटक कर किसी तरह उल्टी दिशा में भागी थी। उन लाल डोरे वाली वहशी आँखों से बच कर कितनी रातें कितने दिन दौड़ती रही कुछ होश नहीं। जब होश आया तो देखती हूँ चाँद का मुकुट पहने बादलों की सेज पर लेटी हूँ। तुम ठीक मेरे सामने मुस्कुराते हुए। लिपट जाती हूँ, फफक कर रो पड़ती हूँ। तुम बालों में उँगलियाँ फिराते हो, दूर दक्षिण में तारे टूट कर गिरने लगते।

कौन था वो? तुम कौन हो? हम कहाँ हैं इस वक़्त? वक़्त क्या हुआ है? दिन है कि रात है? खो-खो का खेल ख़त्म हुआ या नहीं?

नाड़ी के साथ सौ सवाल धड़क उठे थे कि अचानक होश आया तन पर वस्त्र नहीं। हड़बड़ा कर उठी और नग्न देह ढँकने को बादल का एक टुकड़ा खींच लिया। कैसी निर्मम हँसी के साथ बादल के उस टुकड़े को तुमने फूँक मार कर उड़ा दिया। अपनी छोटी-छोटी हथेलियों से वक्ष ढाँपने की कोशिश करती बेबस सी मैं रोती जाती और तुम्हारी हँसी के साथ बादल गरजते थे।

''चाँद का मुकुट पहनाया तुम्हें। शर्त यही कि तन पर और कुछ नहीं।''

मैं रो रही थी घुटनों पर सिर छुपाए।

''मुझे सरे-आम निर्वस्त्र करते हो, शैतान! नहीं जाना मुझे नदी तक। मुझे वापस जाना है। नहीं खेलना ये खेल मुझे।''

"हाँ! शैतान ही तो!

उधर जब हँस रही थी तुम सप्तऋषि के पास तब भी मैं ही था तुम्हारी आत्मा पर खिलने वाला गुलाब और यहाँ ज्येष्ठा, मूल, रेवती, अश्वनी, आश्लेषा, मघा के बीच लहूलुहान पड़ी हो तब भी मैं ही हूँ तुम्हारे वजूद के चारों ओर फैला हुआ काँटों का बाड़।

कौन जा पाता है वहाँ तक? कोई नहीं। तुम्हें ले जाऊँगा नौ रंगों वाली उस नदी तक और दिखाऊँगा अब तक अनछुए-अनदेखे रंग। मैं तुम्हें मुक्त करवाऊँगा उस शाप से।"

नीमबेहोशी-सी थी मुझे आधे-अधूरे शब्द कानों पर गिरते थे। आँखों के आगे दिखता था खो-खो का खेल और तुम्हारी शक्ल के नौ खिलाड़ी, पूर्व की ओर मुँह किये बैठे दीपक की लौ जैसे ऊँचे उठते तुम्हारे प्रेम के दूत और पश्चिम की ओर मुँह किये कीचड़ सने वासना से भरे शैतान।

कैसा स्किज़ोफ्रेनिक रूप था यह प्रेम का। कौन था प्रेम नाम का मदारी अपनी डुगडुगी की थाप पर नाच नचाता हुआ।

दूर दिखती थी नदी एक, कानों में कल-कल बहती थी।

याद है वो नौ सौ साल पुराना *लवर्स ओक* जिसके नीचे तुमने मेरा हाथ थामा था। कब से खो-खो खेल रहे हम नदी तक पहुँचने को। तुम गिराते, उठाते, दौड़ाते, फिर गिराते, फिर उठाते और फिर दौड़ाते।

कितना दौड़ूँ?

मेरी देह में सरसरा कर बहता है कुछ फिर मैं भीग जाती हूँ। कोई नाव चलती है आँखों में, नाभि में खिल जाता है कमल, किसी प्रपात से

छप्प-छप्प गिरती हूँ।

खोने का खेल जारी है खो-खो...

किस नदी की ओर मुझे लिये जाते हो? कितना दौड़ाते हो? क्या पाने के लिये खो जाने का खेल रचाया? कब की खो चुकी ख़ुद को, दौड़ कैसी, कहाँ के लिए?

रुकना ज़रा! एक बार मुड़ कर देखना!
दौड़ती नहीं, कब से तो बहती जाती हूँ। झाँको मेरी शिराओं में, कब से तो ख़ुद ही हो गयी हूँ वह नौ रंगों वाली नदी।

पाद-टिप्पणी

१. हाइड्रस—धरती से १२७ प्रकाश वर्ष दूर एक तारा समूह।

२. ज्येष्ठा, मूल, रेवती,मघा, आश्लेषा, अश्वनी—हिन्दू मान्यता के अनुसार अशुभ नक्षत्र।

३. लवर्स ओक—जॉर्जिया में पाया गया नौ सौ वर्ष पुराना वृक्ष

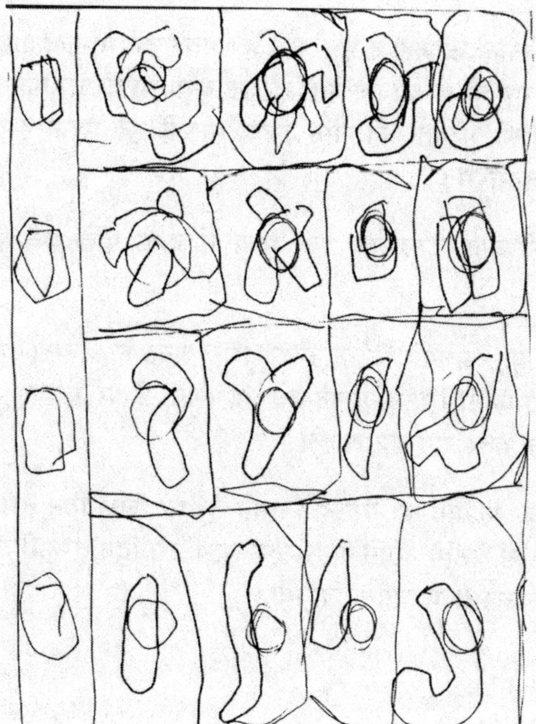

४५

कुछ लिखते-लिखते मिटा दिया अब मिटते-मिटते क्या लिक्खें

भव्य तिलवारा ब्रिज, फक्कड़ नर्मदा और विष्णु ढाबा की स्पेशल वन बाय टू कट चाय में घुला राग सोहनी

भव्यता से लकदक जहाज़ डूब जाते हैं। भव्य चन्द्रमा गलता है हर रात। एक भव्य ग्रह ही था वो जो कुछ दूर जा बसा था पर तड़ीपार कर दिया गया। प्रेम की भव्यता को जीने वाली सोहनी डूब मरती है दरिया की उफनती लहरों में।

भव्यता की बात, दरअसल एक भव्य भोज के पीछे बचे पत्तलों की बात है।

तुम कब जान सकोगे कि ख़ुद का मिट जाना है भव्यता। टाइटैनिक, चन्द्रमा या प्लूटो मिटने-गलने को अभिशप्त हैं पर सोहनी का मिटना एक सतत भव्य राग का बजना है।

सत्य है कि भव्यता का मिटना नियति है। पर जिस दिन तुम मिट जाने की नीयत से बैठोगे अपने सहचर के पास उस दिन तुम्हारी उम्र भव्यता के विराट उत्सव में बदल जायेगी।

•

इधर बीते बरसों ने सिखाया कि लोगों से न कहो अपना मन, मन कहो नदियों से। नदियाँ सतही नहीं होतीं। मैं समझ रही हूँ कि उस आदमी के कहे पर न आओ, जिसकी बात खटपट झूले की तरह अस्थिर हो। कहा मानो पेड़ों का, जो किसी मौसम पत्ते बदल देते हैं मगर अपनी मिट्टी नहीं। महसूस किया है कि हरा महज़ रंग नहीं, लोगों की बस्ती में पेड़ों का सन्देश है।

सीखा है, लम्बी सड़कों पर चलना कम, ठहरना ज़्यादा। हवाओं संग रहना कम, बहना ज़्यादा। सड़कों के सबक ठहरने पर खुलते हैं, जैसे हवाओं के बहने पर।

चिड़ियों की कविताओं का अनुवाद निरन्तर सीख रही हूँ और सीख रही हूँ १५० किमी प्रति घण्टा की रफ़्तार से दौड़ती कार में अपने जीवन की सबसे धीमी शाम बिताना।

साँस की धुन पकड़ना
छोड़ना मत
छेड़ना हौले

परिन्दे, चाँद-तारे
राग में रखना
खारे पानी के बदले

हवा-नदियाँ
सब अपने नाम कर लेना

सूरज फूँकना

धर कर
अधर पर
सूनी साँझ
श्यामल बाँसुरी
नीलाम कर देना

अपने सुरों को सतपुड़ा की पहाड़ियाँ चढ़ाना सिखा रही हूँ और अपने कन्धों को सिखा रही हूँ तमगों का बोझ उतारना। मैं थोड़ा-थोड़ा सम की राजनीति सीख रही हूँ।

वो जो मेरे माथे पर ठण्डी पट्टियाँ रख जाने कितनी रातें आँखों में काट देता है, मैं सीख रही हूँ उसकी जाग से अपनी भीतरी जाग की जोत जलाना। घनी बरसात के मौसम में आये कुछ लोग छतरी लेकर। वो बुरी नज़र की हवाओं में छतरी समेत उड़ गये। बरसात थमी है तो मैं सीख रही हूँ छूट चली याद रंग से मन में एक तिरछा इन्द्रधनुष खींचना।

किसी तरक़ीब से मालूम है मुझे कि इस संसार में हर अंगुलिमाल के लिये एक बुद्ध ज़रूर है। मैं ग्यारह का पहाड़ा फिर से सीख रही हूँ और मैं सीख रही हूँ रंगोली बनाना।

बरसों में कभी नहीं गिनी मैंने उम्र अपनी। डेनिम से लिनेन तक पहुँचने में मेरे सिर के दो बाल सफ़ेद हुए। मैं सीख रही हूँ देह के चरखे से अपनी उम्र कातना और अपनी बुनावट का धागा पहचानना।

जिसकी आत्मा अपने ही घात से लहूलुहान हो, मैंने सीखा उस आदमी का माथा सहलाना।

मैं सीख रही हूँ अपना नाम लिखना, फिर मिटाना, फिर लिखना, फिर मिटाना। ऐसे ही धीरे-धीरे किसी दिन अपने नाम की हिज्जे भूल जाना।

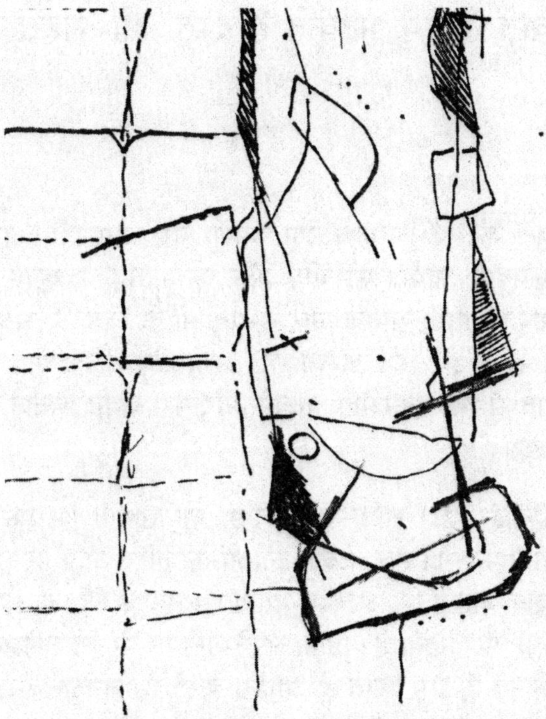

४६

हम भटकते हैं क्यूँ भटकते हैं दश्त-ओ-सहरा में

•

यूँ तो जीवन की ही विद्यार्थी रही हमेशा पर औपचारिक शिक्षा में ह्यूमैनिटीज़ पढ़ती आयी। मेरे बीए और तरह-तरह के एमए के पर्चे भाषाओं और इतिहास, समाज और सभ्यताओं के विकास, संगीत और अन्य कलाओं के इर्द-गिर्द डोलते रहे। अभी ठीक-ठीक याद नहीं कि किस आघात से यह एकरसता चटकी और मेरा वजूद विज्ञान के फ़र्श पर जा बिखरा।

वो टर्निंग प्वाइंट था। साफ़-साफ़ देखा जा सकता था कि जितना समेटेंगे, उतना फैलेंगे। सूत्र, जब घटनाओं के ज़रिये आप पर खुलते हैं, तब आप जान जाते हैं कि आकाश उतना भर नहीं है जितना आपके घर की बालकनी से दिखता है। आप अपने नन्हेपन पर खिलखिला पड़ते हैं, संगीत सुनते हैं, प्रेम करते हैं, प्रार्थना करते हैं, जंगल-जंगल ख़ाक छानते हैं और जाने क्या ढूँढ़ते फिरते हैं। जाने क्या...

फिर जंगल आपके कान में कुछ फुसफुसाते हैं, आप झटपट काग़ज़ निकालते हैं, कुछ पर्चियाँ लिखते हैं, कुछ जेब में सम्भालते हैं, कुछ हवा में उड़ाते हैं और बस! अगले ठौर की ओर निकल पड़ते हैं।

•

इधर बीते कुछ बरसों में फ़िज़िक्स के प्रति पैदा हुई असह्य जिज्ञासा मुझे आइंस्टाइन तक ले जाती है और बरास्ते आइंस्टाइन मैं मिलेवा से मिलती हूँ।

मिस मिलेवा मारिच।

बुद्धिमान और हठीली मिलेवा, कायनेटिक थियरी पर अपने प्रश्नों से प्रोफ़ेसर लेनॉर्ड को चौंकाने वाली मिलेवा, फ़िज़िक्स की क्लास में तमाम पढ़ाकू लड़कों के बीच सख़्त चेहरे वाली इकलौती लड़की मिलेवा, अपाहिज मिलेवा, क्रोधी मिलेवा, आइंस्टाइन को अपना दीवाना बना छोड़ने वाली मिलेवा।

मिलेवा, जो आइंस्टाइन से सम्बन्ध के शुरुआती दिनों में अपने मन को अपनी बर्फ़ीली प्रतिक्रियाओं के पीछे छुपाये रखना चाहती थी। वही मन, जो आइंस्टाइन के वॉयलिन की निरंजन धुनों पर ताउम्र थिरकना चाहता था, पतली-लम्बी उँगलियों पर उनके घुँघराले बाल पिरोने की क्रीड़ा करना चाहता था। अपने अनुशासित व्यक्तित्व से दग़ा करने वाले मन को परे झटक वह लगातार एक चौड़ी दूरी बनाये रखती। लेकिन आइंस्टाइन जैसे जुनूनी के सामने कब तक ठहरा जा सकता था? सो, मिलेवा नाम की मज़बूत इमारत आइंस्टाइन नाम की आँधी चलने से ढह जाती है।

इस कहानी में बार-बार मेरा मन उस पूरे समय पर ठहरता है, जब आइंस्टाइन अपने लेक्चर्स छोड़ते थे मिलेवा को प्रेम करने के लिए।

मिलेवा प्रेम करती थी आइंस्टाइन से, पर उसके भीतर भावों का वह उछाह देखने नहीं मिलता जो उसके प्रेमी में है। इसके उलट कॉलेज के दिनों में ही उसे लगता था कि जो पहचान और सम्मान आइंस्टाइन को मिल रहा है, उसकी वह भी हक़दार थी। आख़िर वह भी जीनियस थी,

महत्त्वाकांक्षी थी, मेहनती थी।

लेकिन इतिहास आइंस्टाइन को चीन्हता है।

•

मिलेवा और आइंस्टाइन के मोहल्ले से गुज़रते एकाएक मुझसे जिब्रान आ टकराते हैं। जिब्रान, जो कहते हैं कि जीवन का एकमात्र उद्देश्य इसके भेदों तक पहुँचना है और दीवानगी, इसका एकमात्र रास्ता है।

•

मैं इस कथा से लौटते हुए 'E = m c 2' के ठीहे पर एक और बार जाने की कोशिश करती हूँ, मन नहीं लगता। साइड टेबल की दराज से ढेर सारे कच्चे काग़ज़ के पुर्ज़े निकालती हूँ, एक साथ कबीर, राँझा, न्यूटन, डार्क फ़्लो रिसर्च, बेन फ़ोगल, इयान राइट, बाबा बुल्लेशाह, नील आर्मस्ट्रॉन्ग आँखें तरेरने लगते हैं। मैं मुँह मोड़ कर देर तक तकिये पर औंधे पड़ी रहती हूँ। बेचैनियों का जलसा जारी है।

•

मेरा जी करता है मिलेवा से मिलने का, टाइम मशीन पर सवार हो उस तक पहुँच जाने का, उसे गले लगाने का, उसकी हथेलियाँ चूमने का, उसे यह बताने का, कि देखो! मैं भी आइंस्टाइन से प्रेम करती हूँ। मैं उसे ये भी कहना चाहती हूँ कि यह दुनिया आइंस्टाइन के अतिसक्रिय मस्तिष्क से कम, उनकी दीवानगी से कहीं ज़ियादह समृद्ध हुई है। और यह भी कि यह मैं जानती तो हूँ पर इसे फ़िज़िक्स के किसी नियम से

सिद्ध नहीं किया जा सकेगा।

●

घर की चुप्पा दीवारें मौसियों जैसे मेरा मन बूझने लगी हैं। जबकि अपना हिसाब-किताब एकदम गड्डमड्ड! पता ही नहीं चलता कि कब फ़िज़िक्स की पगडण्डी पर चलना शुरू कर देती हूँ और देर तक मेटाफ़िज़िक्स की भूलभुलैया सड़कों पर भटकती हूँ। फिर इस ब्रह्माण्ड में धूल के कण बराबर एक शहर की आग उगलती सुबह को उठती हूँ, आइंस्टाइन से शुरू करती हूँ, मिलेवा पर जा अटकती हूँ।

आवाज़ें ही आवाज़ें हैं हर ओर। मेरे बिस्तर पर काग़ज़ फड़फड़ा रहे हैं, दरवाज़े खटखटाती रूहें फड़फड़ा रही हैं। मैं नन्हे-नन्हे क़दम बढ़ाते हुए विज्ञान की ओर बढ़ती हूँ, ज्ञान से उलझती हूँ, प्रेम से सुलझती हूँ।

इस उलझने-सुलझने के दरमियान मेरी आँखों की कोर से बह निकलने वाले तरल में छुपे छोटे-छोटे मॉलीक्यूल्स नृत्य कर रहे हैं।

टप...टप...टप...

●

चीज़ें छूटती हैं बहुत धीमे-धीमे। एक साँस में नहीं छूटती ज़िन्दगी कभी।
साँस-साँस छूटती जाती पीछे कैलेण्डर में, तकियों में, डायरी के पन्नों में।

'द ब्लूबियर्ड्स रिवेंज' की गमक से लिपटी चिट्ठियाँ छूटीं पहले-पहल,

फिर एक वीतरागी ठक्क् में क्रिकेट छूट गया क्रोन्ये-एज के बाद। उस छोटी पर निर्मम सर्जरी के बाद नृत्य का देश छूटता रहा, नागपुर एयरपोर्ट पर कॉफ़ी का एक मग छूट गया था अकेला उस रोज़, कुछ ज़रूरी फ़ोन नम्बर्स छूट गये यहाँ-वहाँ, आनन-फ़ानन में एक सँकरी गली छूट गयी पीछे, रदीफ़-काफ़िये जमाते कोई ग़ज़ल छूट गयी दोशीज़ा, रात के तीजे पहर फूले बेला की महक छूट गयी निष्कलुष अँधेरों में, बीते बसन्त कोई कच्ची साँझ छूट गयी किसी चौराहे। बादलों के शहर जाने वाली ट्रेन छूट गयी। कुसुमल रंग छूट गया कुर्ती का।

टिफ़िन बॉक्स, रंगीन पेंसिल और चिड़िया की ड्रॉइंग छूट गयी किसी ख़्वाब में।

सेहरा दरिया नहीं छूटते, नहीं छूटते चौराहे, भटकना नहीं छूट पाया। संसार की ओर देखती हूँ। छाती में गहरी साँस भरती हूँ, एक ठण्डी तसल्ली ख़ुद को देती हुई।

कितने घायल हैं कितने बिस्मिल हैं, इस ख़ुदाई में एक तू क्या है।

४७

मुक्ति

...और फिर कथा सुनाने वाली बुढ़िया ने कहा, ''देखना! एक दिन सारे प्रेमी योगी हो जायेंगे और सारे योगी प्रेमी।''

प्रियंवदा को बुद्ध से प्रेम हो गया था। भिक्षाटन के लिये आये बुद्ध के पात्र में हर दिन वह आँसू की दो बूँदें भर देती। गौतम आगे बढ़ जाते। तथागत की दृष्टि अपनी जगह थिर, प्रिया की अपनी जगह। न भगवन आँखें ऊपर करते, न प्रिया नज़रें फेरती। इस तरह दिन–महीने–साल बीतते रहे। प्रियंवदा ठहर गयी थी समय के परे किसी बिन्दु पर।

धरती पर समय और मन नामक दो दैत्यों के बीच सदा से ही होड़ रही है। क्षत्राणी प्रियंवदा मन और समय दोनों को ही पराजित कर शक्ति के थिर सिंहासन पर आसीन हो चुकी थी। किन्तु प्रेम के निहत्थे देवता ने सशस्त्र प्रियंवदा को हरा कर उसे अपने वश में कर लिया। खगोल–विज्ञान, दर्शन, संगीत, वेद–पुराणों की ज्ञाता विदुषी प्रियंवदा की बुद्धि का लोहा मानने वाले विद्वान् भी उसकी थिर दृष्टि के रहस्य से अनभिज्ञ थे। उसका मौन प्रकृति ने अपनी सन्दूक़ची में सुरक्षित रखा लिया जिसके भेद तक पहुँचना सरल बात न थी। पत्थरों की जकड़ में रहने वाले ईश्वर से बेहतर कौन जानता है कि इस दुनिया में सर्वाधिक अनुवाद मौन का हुआ है। प्रियंवदा का मौन भी इससे अछूता न था। इधर पेड़–पहाड़–पंछियों की आँखों में अचरज भरता जाता, उधर तथागत के कमण्डल में समूचा हिन्दमहासागर भर जाने को आतुर था।

प्रियंवदा के हाथों पराजित समय सदा ही उसे पटकने की ताक में रहता। और अन्ततः वह घड़ी भी आयी जब समय को यह अवसर मिला कि वह प्रियंवदा को सैकड़ों व्याधियों से जूझता देख अट्टहास करता। पीड़ा से तड़पती प्रिया को किसी औषधि से आराम न मिलता।

कुछ महीनों पश्चात् प्रियंवदा की इस अवस्था का समाचार मठ तक पहुँचा। यह स्थिति ज्ञात होते ही बुद्ध बीच सत्संग से उठ कर प्रिया के घर की ओर चल पड़े। ज्वर से तपती प्रिया को परिजनों ने घेर रखा था। कोई उसके स्वस्थ होने की प्रार्थना करता तो कोई किसी नये वैद्य का पता बताता। अचानक ही बुद्ध को चौखट के भीतर पाकर परिवार के सदस्य चौंक उठे। प्रिया की शैय्या के निकट जा बैठे बुद्ध की बड़ी-बड़ी आँखों से दो बूँदें छलक कर प्रिया की जलती हथेली पर जा पड़ीं।

प्रिया ने आँखें खोलीं, मुस्कुराई और आँखें मूँद लीं।

तभी वातायन में बैठी चिड़िया पंख फड़फड़ा कर आकाश की ओर उड़ गयी।

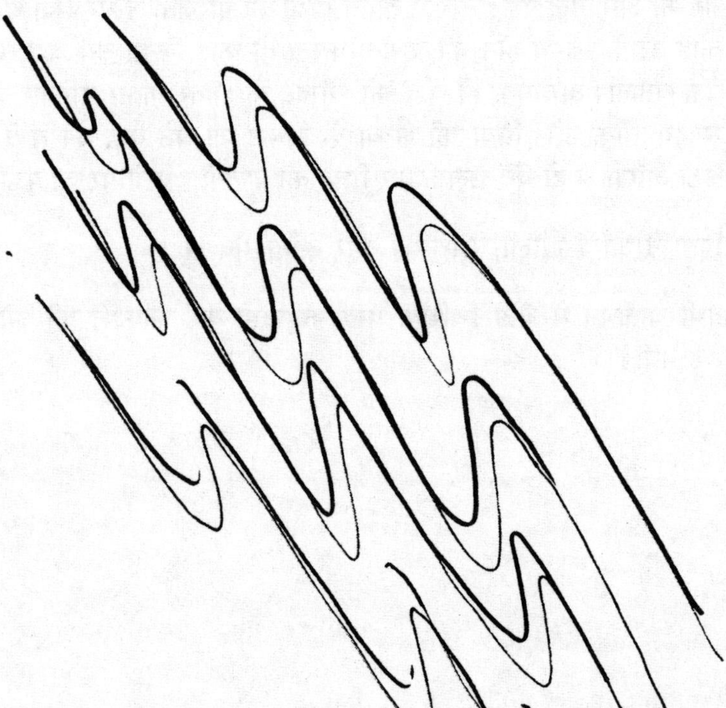

४८

तन तितली मन स्याही

या इलाही से मुख़ातिब

किस के बस्ते से ये सारे रंग चुराये। जाने कैसे तुमने इतने रंग बनाये?

कैसे सोचा हरे से भरे पत्ते होंगे? पेड़ों के ये सुन्दर कपड़े-लत्ते होंगे। शंख फोड़ कर क्या तितली के पंख बनाये? पीले-नीले रंग सफ़ेदी पर छितराये। तितली जा कर फूलों से सौदा कर आयी। पी कर शरबत फूलों में वो रंग भर आयी। आग को रँगते वक़्त तुम्हारा हाथ जला था। बर्फ़ का टुकड़ा हाथ पे अपने ख़ूब मला था। ठण्डक पर तुमने कूची फिर ख़ूब चलायी। ठण्डा रस भर शाख़ों पर नारंगी लटकायी।

नीली लपटों से थोड़ा-सा रंग निकाला। मुट्ठी भर नीले को फिर दरिया में डाला। धरती की छत पर उस दिन शीशा लटकाया। नीले दरिये ने आँखों को झट मटकाया। दरिया, नदियाँ और समन्दर शीशे में बहते हैं, और हम कितने नादाँ! उस शीशे को अम्बर कहते हैं। उत्तर से दच्छिन तक तुमने इन्द्रधनुष जो खींचा है। अस्मानी मिट्टी को गीले सतरंगों से सींचा है। क्या परियों की चिमटी से तारे चमकाये? जलते-बुझते सूरज के कैसे रंग बनाये। मिट्ठू की कैसे तीखी-सी चोंच रंगी? किस कूची से वॉन गॉग की सोच रँगी?

जाने कैसी-कैसी तो तुम साज़िश करते हो? यहाँ-वहाँ और कहाँ-कहाँ रंगों को भरते हो।

भर दी माटी के पुतले में सारी माया और कुदरत के संग तुमने इक रास

रचाया। खेल-खेल में उस दिन तुमने मुझे बनाया। सब रंगों के प्याले में फिर ख़ूब डुबाया। तन पर मेरे किसम-किसम के रंग लगाते और ख़ुद ही सारे रंगों को धोते जाते। क़दम-क़दम पर धूप-छाँव को ख़ूब जिया है। घूँट-घूँट विष-अमरित संग हर रंग पिया है।

मुझको अपना आज पता दे, कुशल चितेरे राज़ बता दे। बस! मुझको इक बात बता दे!

कौन कमी इस पुतले में बाक़ी थी, मालिक? काले को क्या रात नहीं काफ़ी थी, मालिक? पौ फटने ही वाली थी कि काली चिन्दी जोड़ गये। रात अमावस से चोरी कर छाती पर तुम छोड़ गये।

स्याही शीशी में भर कर क्यों मन के भीतर फोड़ गये...

४९

एक रात, स्वप्न घड़ी और विदाई-डायरी

उस रात मुझे लगा कि जैसे पृथ्वी एक बड़ी-सी घड़ी है, जिसमें तीन किरदार हैं। तुम, मैं और बची हुई दुनिया।

उस स्वप्न में तुम सेकंड्स वाला काँटा थे जो तेज़ क़दम चल कर न केवल अपना चक्कर पूरा करता है बल्कि अपने हर मकाम में बचे रहने की चाह में बार-बार लौटता भी है पल-दर-पल। मगर ठहरता कहीं नहीं। बची हुई दुनिया को मैंने मिनट वाले काँटे के रूप में पाया, जो अपने हिसाब-किताब और जुगाड़ से चलती है। न हद से तेज़ न हद से धीमे। जैसे सौदा-सुलुफ़ के लिये निकली कोई मिडिल क्लास गिरस्थिन औरत मण्डी में बार-बार एक ही दुकान के आगे से गुज़र जाती हो। उसकी चाल औसत है, नज़र सब पर है और पूरा बाज़ार ख़रीद लेने की अदम्य इच्छा उसकी मुट्ठी में भिंचे रुपयों से रगड़ खा कर हथेली को पसीने से तर-ब-तर करती हो। तुम उस औरत की हर चाल पर गिर-गिर जाते हो। उसे साठ तरह से निहारते हो। तुम बहुत तेज़ चलते हो, लगभग भागते हुए, बदहवास और बेचैन। तुम कभी उस औरत के पास ठहर जाना चाहते हो तो कभी अपने प्रेम के पास। तुम दौड़ते चलते हो और तुम्हारा संशय तुम्हें कहीं टिकने नहीं देता।

तुम हर जगह हर किसी के पास होना चाहते हो।

टिक टिक लेफ़्ट टिक टिक राइट टिक टिक बैक टिक टिक फ़ॉरवर्ड, टिक टिक अप टिक टिक डाउन...ऑलमोस्ट एवरीव्हेयर। पल-पल में

पलने की बेहिसाब चाह। एक तरह की लस्ट।

मैं इस घड़ी का सबसे छोटा किरदार हूँ। बहुत धीमे सरकने वाला। हर एक मकाम पर जी भर कर ठहरने वाला। एक बार कहीं से गुज़र जाये तो फिर पलट कर न लौटने वाला।

मैं इस घड़ी का योगी काँटा हूँ, जिसने वक़्त को तड़ातड़ काटा नहीं, जिस पर बचे हुए दोनों काँटे बार-बार लौट कर आते रहे। उनकी आमद से मुझे खरोंच लगती थी फिर भी मैंने उन्हें अपने ऊपर से हर बार गुज़र जाने दिया। मैंने हर मकाम को एक फूल की तरह सहेजा, कोमलता से छुआ, आँखें मूँद कर उसकी गन्ध को अपनी नसों में उतर जाने दिया और जब वो फूल अपनी शाख़ से गिर गया तो मैंने उसे अनन्त की नदी में बहा दिया और कहा,

अब मिलना नहीं होगा।
विदा।

५०

शायद फिर इस जनम में मुलाक़ात हो न हो

मुझ जैसे शबरक की बूझ के बाहर है ये बात कि कैसे गेरुआ, लाल या हरा मेरी चूनर के रंग नहीं बचे अब। जाने किस हुनर से ये रंग मेरे मुल्क के प्रति मेरी आस्था या द्रोह के मानक हो चले। रंग राजनैतिक हो गये और कुछ लोग आज नैतिक-अनैतिक हो गये। हम बाग़ी किस बाग़ में जा बैठें कि जब हर जगह नफ़रतों की आग का मंज़र हो।

बीती रात मुझे चाह हुई कि नर्मदा और सोन का क़िस्सा कहूँ किसी शफ़ीक़ से। सोन की होने वाली दुल्हन नर्मदा के विवाह-मण्डप से उठ जाने और उल्टे चल पड़ने की कथा। गंगा कब बहती है उल्टी ? वो तो बाग़ी नर्मदा है, जिसे उल्टे बहने का हौसला है। और बग़ावत भी किस से, जिसे सब से ज़ियादह चाहा।

दुनिया भर का इतिहास इस बात की गवाही देता है कि जिसने भी सीधा सोचा, उसे उल्टे ही चलना पड़ा। तो मुझे चाह हुई कि उल्टी दिशा बहने वाली नर्मदा की कथा कहूँ। लेकिन जीवन के विविध विषयों पर हमारी सामाजिक व्याख्याएँ यह सिखाती हैं कि कठिन समय में प्रेम में होना तो दूर प्रेम की कथा कहना-सुनना भी द्रोह से कम नहीं।

इधर बीते दिनों में उस पहाड़ी गाँव जाने की भी तलब तेज़ हो रही है मुझे, जहाँ लड़कियाँ ब्याह के पहले बुजुर्गों की इज़ाज़त से एक आख़िरी बार अपने प्रेमी से मिल सकती हैं, दुःख-सुख की आख़िरी साझेदारी की ख़ातिर। वो गाँव मेरे उपन्यास में है। उस गाँव की लड़कियाँ ख़राब

मौसमों में भी हीर गाती हैं, स्वप्न देखती हैं और ज़ार-ज़ार रोती हैं।

नज़र भर देखन न पाए
देखन न पाये वो तो हो गये किबरिया की ओट रे
नरबदा मैय्या तो कँवारी बहे

इन बम्बोलियों को गुनगुनाने वाली लड़कियाँ मेरी नींद में फुगड़ी खेलती हैं, समन्दर किनारे रेत पर प्रिय का नाम लिखती हैं, दीवारें तोड़ती हैं, बाग़ों में सन्तूर की धुनें उगाती हैं, आँगन में आकाश लीपती हैं और संसार के नक़्शे से लहू के धब्बे मिटाती हैं।

कल रात कहकशाँ टीवी सीरीज़ के मजाज़ वाले एपिसोड की डीवीडी लगा ली थी। अपनी कहानी की उस नायिका को भी याद किया मैंने जो अपने महबूब से हुई आख़िरी मुलाक़ात में अपने बुंदे गुमा देती है और उसे ढूँढ़ने के लिये काल और जन्मों की सीमा पार कर मजाज़ की महफ़िल में जा पहुँचती है। वो चलते-चलते थक चुकी है। उसे पति के घर भी लौटना है। ख़ाली कान लौटेगी तो आफ़त खड़ी हो सकती है, सो वो मजाज़ लखनवी की ग़ज़ल का एक चमकता हुआ शे'र कानों में पहन कर अपने समय में लौट जाती है और उधर मजाज़ कहते हैं कि,

शब्नमिस्तान तजल्ली का फ़ुसूँ क्या कहिए
चाँद ने फेंक दिया रख़्ते-सफ़र आज की रात

वो पीछे मुड़ कर कहती है, "ये आख़िरी मुलाक़ात है, मजाज़।"

रात नींद में देखा मैंने कि मेरी नायिका राबिया बसरी की गोद में सिर रखे हुए है। राबिया उसके बाल पकड़ कर झिंझोड़ती है और उसे दो तमाचे जड़ती है। नायिका पथराई बैठी है। उसकी आँखों में पानी का एक क़तरा नहीं, उसके लब पर कोई गीत नहीं। मेरी नींद उचट जाती

है। मैं हड़बड़ाहट कहती हूँ,
''पानी सूख गया राबिया! दुनिया जल रही है। किसी की आँख में पानी नहीं बचा अब तो।''

मेरे गालों पर तिलमिलाहट महसूस होती है।

पता है, इन दिनों मेरा क्या मन करता है?
मेरा मन करता है कि किसी निरंग साँझ अपने प्रियतम को निधीश त्यागी की किताब का एक सौ अस्सीवाँ पेज पढ़ कर सुनाऊँ और मेरा ये भी मन करता है कि इसी किताब के चालीसवें पेज पर अपनी आवाज़ का बुकमार्क खोंस दूँ।

हाँ! अन्दाज़ा है मुझे कि यह बारूद के ढेर पर रेंगता हुआ वक़्त है और इन वक़्तों में गीत गुनगुनाना देशद्रोह माना जायेगा मगर फिर भी...

इस दुनिया में साँस लेने के नाते ये हक़ है मेरा कि पानी में छपाक!!! के पहले मेरे चेहरे पर स्माइली वाला भाव हो।

मुझे अन्दाज़ा है कि मेरे स्वप्न-पुरुष की देह इस जलते समय के साथ युद्धरत होगी और दूर-दूर तक पानी का नामोनिशान भी न होगा। ये ज़रूरी है कि पानी में छपाक!!! के पहले मैं बता दूँ कि जिस आग में दुनिया सुलग रही है, वो सिर्फ़ आँखों के पानी से बुझती है।

क्या क़यामत है कि मेरे उपन्यास वाले गाँव की लड़कियों की आँखें पथरा रही हैं।

सारे दिन आख़िरी दिन हैं। और इन दिनों में मेरा मन करता है कि अपने प्रियतम की देह दह जाने के पहले उसकी परछाईं के काँधे से टिक जाऊँ और बताऊँ उसे,

कि शायद फिर इस जनम में मुलाक़ात हो न हो...

५१

शुक्रिया दुनिया!

चन्द रोज़ में बीत फ़रवरी बीत जायेगी। शायद कुछ बरस लग जाएँ फ़रवरियों की थकान जाते-जाते।

क्या मज़ा है कि साँसें कैंची की तरह चले जाती हैं खच-खच-खच और उम्र कट रही थान के कपड़े की मानिन्द। बड़े जतन से सिया जा रहा एक लिबास कि जैसे किसी कलन्दर की ताजपोशी के जलसे के लिये हो, बड़े जोग से कि तुरपाई कच्ची न रह जाये कहीं, बड़ी साध से कि कताई बारीक़ हो। कितने क़िस्म के रंगों में डुबोया जा रहा कि आख़िर में बच जाये एक ही रंग...

बस! एक सच्चा झक्क् सफ़ेद।

पीले फूलों की रुत आती-जाती रहेगी आदतन हर साल, बेचैनियों और सुकून की आय-स्पाय खेलते रहेंगे चाहों से भरे हुए दिल। अख़बार छपते रहेंगे रोज़-रोज़ विरक्त भाव से और ट्रेनें भी चलती रहेंगी स्टेशन-दर-स्टेशन, शहरों की तासीर जाने-समझे बग़ैर। दिन उगते रहेंगे पूरब में, क़दम भर भी चले बिना पश्चिम में डूबते रहेंगे।

सब कुछ चलते रहने के बीच कोई एक पल ऐसा भी होगा कि साँस बाहर जायेगी और फिर वहीं ठहर जायेगी। एक दिन साँस भीतर नहीं लौटेगी।

उस एक दिन के पहले शुक्रिया अदा करना है उनका, जो देते हैं बेशर्त

प्यार कि उनके रहते बसन्त की रुत कैलेण्डर की मोहताज़ नहीं। शुक्रिया उनका, जो कम-अज़-कम ख़्वाबों में बेख़ौफ़ आते-जाते हैं कि एक दिन वो आख़िरी नींद में क़ैद हो जायेंगे और उनके लौट जाने के तमाम दरवाज़े बन्द हो जायेंगे। शुक्रिया उनका, जिन्होंने सनक भरे ख़तरनाक खेलों के लिये अपने दिलों को हरे मैदानों में बदल दिया।

शुक्रिया उन बच्चों का, जिनके होने से फूलों में महक मालूम पड़ती है। शुक्रिया उन बुज़ुर्गों का, जिनके होने से बरगद की शाख़ हरी लगती है। शुक्रिया उन नौजवानों का, जो कविताओं की सीढ़ी चढ़ चाँद के बाग़ीचों से फल तोड़ कर खाया करते हैं। शुक्रिया उन तमाम औरतों का, जो बहस वग़ैरह में जीत जाती हैं पर मुहब्बत में हार जाया करती हैं कि उनके होने से बची रहेगी फ़रवरी की सुबहों में घास पर ओस की बूँदें।

शुक्रिया उन सिकन्दरों का जो बेझिझक चोट देते जाते हैं कि दिल से जितना लहू रिसेगा उतना सफ़ेद होगा कलन्दरों का शाही लिबास।

शुक्रिया!

●

पाइथागोरस को भी प्रेम ही हुआ होगा
कि वह देख सका पृथ्वी की गोलाई
सच कहते हैं लोग कि अन्धा होता है प्रेम
अन्धे, घोर अँधेरे में भी देख पाते हैं

पता नहीं
कि पृथ्वी सचमुच गोल है या चौकोर

या एक सीधी सड़क के दोनों ओर बसी हुई
बिना किसी अनुमान के
मैं चल रही हूँ निरन्तर
सुबह दोपहर साँझ
सम्भव है कि पहुँच जाऊँ एक दिन तुम तक
किसी सूफ़ी की तरह

कौन तोड़ेगा मेरा स्वप्न
कौन तोड़ेगा मेरी लय
टूटने को मेरे पास अब दम ही बचा है
मैं चल रही हूँ निरन्तर

एक दिन उगेगी तुम्हारी मौन पुकार
सुबह के अनिवार्य सूर्य की तरह
एक दिन कटेगी वियोग की कोलाहल भरी रात
एक दिन छूटेगी मेरे मन की कालिख
तुम्हारी आत्मा से न छूट सकेगा मेरी धुन का रंग
एक दिन छूटेंगे प्राण मेरे
गोल गोल घूमते

एक दिन दिखा सकूँगी तुम्हें
कि आकाश के विस्तार को आभार हैं चिड़िया के गीत
भीगा हुआ हृदय प्रेम की मज़दूरी का पारिश्रमिक
किसी देवता का शाप हैं सूखी आँखें
स्मृतियों की बरसात शाप से मुक्ति है

और तुम कह उठोगे!

पृथ्वी की गोलाई का प्रमाण है
लौटता हुआ प्रेम

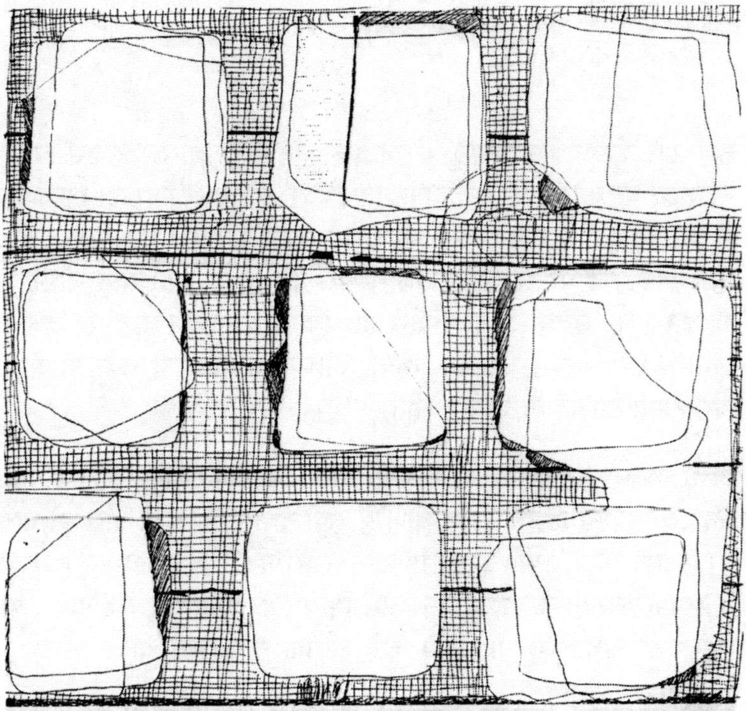

५२

ख़ुशामदीद

उस रात ईश्वर मेरे स्वप्न में लेखक बन कर आया। सबसे पहले आकाश के कोरे पन्ने पर लिक्खाड़ ईश्वर ने 'दिन' लिखा। लाल रंग में क़लम डुबो कर पर उसने सूरज की हिज्जे लिखी। सूरज का एक-एक रेशा पन्ने पर खींचकर उजास भरी इबारतें उकेरीं। सात घोड़ों के भव्य रथ पर सवार देवता ने जैसे ही धूप की हल्दी से पन्ने पर तिलक लगा कर शुभारम्भ का नेग किया, आसमान से धरती तक पीली—चमकीली झालरें लटकने लगीं।

अभी ईश्वर की वर्णमाला के सारे अक्षर मिल कर 'दिन' लिखे जाने का उत्सव मना ही रहे थे कि बाजू में रखी दवात गिर गयी और पूरे पन्ने पर स्याही फैल गयी। इस तरह दुनिया में पहली बार रात हुई। ईश्वर ने स्याही सोखने के भरपूर इन्तज़ाम किये और चाँद तारे रच डाले। पर वह पन्ना अब कुछ भी लिखे जाने लायक नहीं बचा था।

ईश्वर करामाती निकला। उसने पन्ना पलटा और 'सुबह' लिख दी। एक बार वह मेरे स्वप्न में आया और मेरे कान में फुसफुसा कर 'दिन' और 'सुबह' का फ़र्क़ बता गया।

दिन की इबारत पढ़ते-पढ़ते ही मेरे मुँह और हाथों में अमावसी स्याही छप गयी थी। ईश्वर फिर मेरे स्वप्न में आया और किसी तिलिस्मी झरने का पता बता गया जिसका पानी नमकीन था। उस झरने का पता ढूँढ़ते-ढूँढ़ते कई जन्म गुज़र गये। मैं मुँह और हाथों में स्याही छपाये अलास्का

से लेकर अलास्का तक गोल-गोल घूमती रही।

चलते-चलते एक दिन थक कर निढाल हो गयी थी कि तभी किसी को अपने सामने खड़ा पाया। अपने हाथों का दोना बनाये नमकीन पानी लिये मेरे सामने कौन खड़ा था, मुझे नहीं पता। पर शायद सूर्य की चमक को मद्धम कर अगर उसका चेहरा देख पाती तो निश्चित ही वो ऐसा ही दिखता।

मैंने उस जादुई पानी से मुँह और हाथों पर छपी स्याही के दाग़ छुड़ाये और ईश्वर की डायरी का पन्ना पलट दिया। अगले पन्ने पर ईश्वर का चमत्कार मुस्कुरा रहा था। मैं जान चुकी थी कि सूर्य के महज़ चमकने से सुबह नहीं हो जाती। सुबहें उग आती हैं परिक्रमाओं से, परीक्षाओं से, प्रेम से।

एक उजली सुबह मेरे आँगन में उतरने को तैयार खड़ी थी। मैंने सुबह से कहा,

"ख़ुशामदीद!"

●

जन्मों पुराना व्रत हूँ मैं
तुम्हारी अंजुरी से पी लिया जल
घूँट भर
त्योहार हो गया जीवन।

सदियाँ सोख कर बना है मेरी पुतलियों का गाढ़ा सियाह
जाने कब से देखती रही अपलक संसार को

ज्यों देख सकता है समय बिन ठहरे
बन्द घड़ी के काँटों को
मेरी कविता के गलियारे में मुर्गे की बाँग तक सुनी है
कुछ उनींदे लोगों ने

दो सौ बरस तक चलती रही मेरी तीजा की रात
मैं जागी रही निर्जल
सितारों से पूछती रही उनके देश का हाल
मेघों के निकट रही बहुत
गाती रही सूखे कण्ठ लोकगीत बौछार के
द्वार पर बाँधती रही ऋतुओं के फुलहरे
देहरी पर नयन जलाये काटती रही अँधेरे की चाल
तोड़ती रही संसार के नियम
प्रतीक्षा का कठोर व्रत निभाती रही
मैं जागी रही निर्जल दो सौ बरस तक
थके-प्यासे यात्रियों से करती रही जल की बात

प्यासा ही नहीं चला जाता सदा कुएँ के निकट
कुआँ भी पुकारता है प्यासे को
रुई के फाहे को पुकारता चोटिल घुटनों का लहू
कागा को पुकारती सूनी छतें

नींद को पुकारते रहे मेरे स्वप्न
मैं अपने रतजगों में तुम्हें पुकारती रही

तुम्हें पाने का बालहठ कर बैठे जो, वह नादान है
तुम अमेरिका नहीं जिसे कोई कोलम्बस पा जाये

खो जाएँ जहाजों के बेड़े जहाँ
वह अटलांटिक हो तुम
मणिकर्णिका घाट नहीं जहाँ जीवन के हारे पाते हों मोक्ष
विश्वनाथ की उलझी हुई गलियाँ हो तुम जिसकी धूल फाँकते खो जाये
कोई संन्यासिन

तुम सतपुड़ा के सघन वन हो
सागौन की लालसा में काट न ले कोई लकड़हारिन
एक पत्ता जूड़े में खोंसे
माँग में तुम्हारे हरे को भरे वनकन्या
तुमसे शृंगार रचाये

हृदय नहीं माँगा तुम्हारा
मैंने माँगी हथेली
कौंधती है आँखों में विस्मय की बिजली
धड़कन धमकती बादल गरजते
बेमौसम हो जाती बरसात
कितने तो रूप इस हथेली के
चन्द्रमा में जितनी कलाएँ नहीं!

सुबह का डाकिया डाल कर चला जाता
मेरी देहरी पर धूपीली चिट्ठियाँ
तुम्हारी उँगलियों के बीच की दरारों से
झर पड़ते ऊष्मा के पीले पोस्टकार्ड

मैं सूर्य की इच्छा करूँ
छज्जे पर दिन उतर आता है

ईश्वर की इच्छा करूँ
खाने की थाली लिये माँ चली आती है
मैं चाह लूँ दूर टिमटिमाता एक सितारा
तुम्हारी हथेली आकाश हो जाती है

जोगी!
सुबह उठते ही अपनी हथेली तो देखो
तुम्हारी रेखाएँ ओढ़े मैं ऊँघ रही हूँ
बेसुध!
ज्यों सोता है नवजात शिशु पिता की थपकियों की लय में निश्चिन्त

देखो तुम!
एक बार अपनी हथेली दुपहरी की चटख धूप में भी
रगों में आलस भरे उलटती-पलटती हूँ तुम्हारी रेखाओं के बिछौने पर
ज्यों करवटें बदलती है नव-विवाहिता
चादर की सलवटों पर

साँझ के ढलकते मद्धम उजाले में देखो
सदियों की जागी थी
उठ रही अब
मैं वस्त्र बदल रही हूँ
सँवर रही
पहन रही हूँ तुम्हारी रेखाएँ

मैं जा रही हूँ तुम्हारी हथेली के अन्तिम छोर तक
चन्द्रमा संग बैठूँगी अन्तरिक्ष में पाँव लटकाये

यह रतजगा नहीं हृदय की जाग है, जोगी!

तीजा का व्रत अब पूरा हुआ
मेरे तलुवे और एड़ियों पर छपी धूल धुलेगी
बैठूँगी जल में पाँव डुबोये

मैं जान गयी हूँ
तुम्हारी तर्जनी से एक नदी निकलती है

पुनश्च...

ठहरे रहना, सिमटना ही नहीं है। वह फैलना भी है।

जैसे सूर्य किसी एक बिन्दु पर ठहरा हुआ और धूप धरती भर, आकाश भर।

जैसे फूल अपनी शाख़ से लिपटा हुआ और ख़ुशबू बाग़ भर।

जैसे जूते पाँव से लगे हुए और सफ़र जहान भर।

जैसे एक आँसू मेरी पलक पर टिका हुआ और कविता बरसात भर...

जैसे याद की एक फाँस दिल में गड़ी हुई और चिट्ठियाँ जा पहुँची संसार भर।

शायद एक दिन मैं सूर्य बन कर जल उठूँगी तुम्हारी हूक से जन्मे सात रंग और हत्यारा प्रेम हरियाला बन्ना आया रे भंगुर है क्षण, सखी! बिनशिस्त-ओ-हाय-हाय बरमन बि गिरीस्त मेरे साथ 'रॉकस्टार' देखोगे? सलामी क़ुबूल करो कच्ची नींद का पक्का पुल मेरे केंचुए, तुम्हारी मछलियाँ जेठ के निर्मम दिनों में भी मैंने नर्मदा को सूखने नहीं दिया ईद मुबारक मेह निरजर फूल शिउली हो रहे मिर्ज़ापुर कइले गुलजार कचौड़ी गली सून कइले बलमा आज सजन संग मिलन बनिलवा एक शहर की डायरी स्वप्न तुम्हारे कितने महँगे नींद हमारी चिल्लर एक जंगल नींद में उगता है चुपचाप साहब, बीबी और गुरुदत्त जब रुलाई फूटे इक आदमकद मोमबत्ती लगातार जल रही है अंग-अंग भीजे ऐसो रंग खेलो राग जोग की तान पर पातियाँ जलाना रक्स-ए-बिस्मिल जइसे पात गिरे तरुवर के पिया की रसपिरिया हे हठयोगी! तुम ध्यान धरो, हम तो सन्तूर बजायेंगे प्रेम की दुर्गम सड़क पर एक ढीठ दोपहर और उस्तादों की छाँव *NH*-५७ पर बरसात का नौतपा जून-जुलाई-अगस्त में भीगी नौ चिट्ठियाँ इन्तज़ार के

'ज' में जो नुक़्ता है सूरजमुखी सुना है रब्त है उनको ख़राब हालों से हॉस्पिटल डायरी समन्दर खारा होने की एक और कथा पाँच फ़ीट सात इंच का काँटा बँधने से कौन डरता है? छूटने से जी घबराता है अन्तिम आरोहण हम जहाँ पहुँचे कामयाब आये आबरा का डाबरा तुम्हारे-मेरे बीच आदम और भर्तृहरि के बीच की दूरी है मैं सालों में नहीं, क़िलोमीटरों में बूढ़ी होना चाहती हूँ बाशो कहते हैं कि चीड़ के पेड़ के बारे में चीड़ से सीखो सरकण्डों के बारे में सरकण्डों से प्रेम मसहरी दिल मच्छरों से ओट दुनिया भर की मुस्कराहटों के लिये ही नहीं हैं क्या क्रान्तियाँ सारी? ब्रह्माण्ड नाम के महाजन से शून्य का हिसाब है प्रेम स्किज़ोफ्रेनिया, मुक्ति की नदी और खो-खो कुछ लिखते-लिखते मिटा दिया अब मिटते-मिटते क्या लिक्खें हम भटकते हैं क्यूँ भटकते हैं दश्त-ओ-सहरा में मुक्ति तन तितली मन स्याही एक रात, स्वप्न घड़ी और विदाई-डायरी शायद फिर इस जनम में मुलाक़ात हो न हो शुक्रिया दुनिया! ख़ुशामदीद